Friedrich Dürrenmatt

Werkausgabe
in dreißig Bänden

Herausgegeben
in Zusammenarbeit
mit dem Autor

Band 23

Friedrich Dürrenmatt

Der Sturz
Abu Chanifa und Anan ben David
Smithy
Das Sterben der Pythia

Erzählungen

Diogenes

Umschlag: Detail aus ›Turmbau I‹ von Friedrich Dürrenmatt.
Der Sturz erschien erstmals 1971 im Verlag der Arche, Zürich.
Abu Chanifa und Anan ben David erschien erstmals 1976 als Bestandteil von ›Zusammenhänge. Essay über Israel. Eine Konzeption‹ im Verlag der Arche, Zürich. Die vorliegende bearbeitete Fassung von 1978 erschien erstmals 1978 im ›Friedrich Dürrenmatt Lesebuch‹ im Verlag der Arche, Zürich.
Smithy und *Das Sterben der Pythia* erschienen erstmals 1976 als Bestandteile des ›Nachworts zum Nachwort‹ in ›Der Mitmacher. Ein Komplex‹ im Verlag der Arche, Zürich.
Die Texte wurden für diese Ausgabe durchgesehen und korrigiert. Redaktion: Thomas Bodmer.

Berechtigte Lizenzausgabe mit freundlicher Genehmigung der Verlags AG ›Die Arche‹, Zürich

Diogenes Verlag AG Zürich, 1980
120/80/8/1
ISBN 3 257 20854 5

Inhalt

Der Sturz

1971

An Fred Schertenleib

A

B	C
D	E
F	G
H	I
K	L
M	N
O	P

Nach dem kalten Buffet mit gefüllten Eiern, Schinken, Toast, Kaviar, Schnaps und Champagner, welches im Festsaal das Politische Sekretariat vor der Beratung einzunehmen pflegte, erschien N im Sitzungszimmer als erster. Er fühlte sich seit seiner Aufnahme ins oberste Gremium nur in diesem Raume sicher, obwohl er bloß Postminister war und die Briefmarken zur Friedenskonferenz A gefallen hatten, wie er gerüchtweise vom Kreise um D und genauer von E wußte; aber seine Vorgänger waren trotz der doch eher untergeordneten Stellung der Post innerhalb der Staatsmaschinerie verschollen, und wenn auch der Boss der Geheimpolizei C mit ihm liebenswürdig umging, ratsam war es nicht, nach den Verschwundenen zu forschen. Vor Betreten des Festsaals und vor Betreten des Sitzungszimmers war N schon abgetastet worden, das erste Mal durch den sportlichen Oberstleutnant, der das immer tat, das zweite Mal durch einen blonden Oberst, den N noch nie gesehen hatte; der Oberst, der ihn sonst vor dem Sitzungszimmer abtastete, war kahl, mußte im Urlaub sein, oder war versetzt, oder entlassen, oder degradiert, oder erschossen worden. N legte die Aktentasche auf den Versammlungstisch und nahm Platz. L setzte sich neben ihn. Das Sitzungszimmer war lang und nicht viel breiter als der Versammlungstisch. Die Wände waren halbhoch braun getäfelt. Der ungetäfelte Teil der Wände und die Decke waren weiß. Die Sitzordnung war nach der Hierarchie des Systems geregelt. A saß oben. Über ihm, am weißen Teil der Wand, hing die Parteifahne. Ihm gegenüber blieb das andere Tischende leer, und dahinter war das einzige Fenster des Sitzungszimmers. Das Fenster war hoch, oben gewölbt, in fünf Scheiben eingeteilt und hatte keine Vorhänge. B D F H K M saßen (von A aus gesehen) an der rechten Tischseite und ihnen gegenüber C E G I L N, neben N saß noch der Chef der Jugendgruppen P und neben M der Atomminister O, doch waren P und O nicht stimmberechtigt. L war der Älteste des Gremiums und hatte, bevor A die Partei und den Staat übernahm, einmal die Funktion ausgeübt, die D jetzt ausübte. L war Schmied gewesen, bevor er Revolutionär wurde. Er war groß und breitschultrig, ohne Fett angesetzt zu haben. Sein Gesicht und seine Hände waren derb, seine grauen Haare waren noch dicht und kurz geschnitten. Er war immer unrasiert. Sein dunkler Anzug glich dem Sonntagskleid eines Arbeiters. Er trug nie eine Krawatte. Der Kragen seines weißen Hemdes war stets zugeknöpft. L war in der Partei und beim Volk populär, um seine Taten während des Juni-Aufstandes hatten sich Legenden gebildet; doch lag diese Zeit so weit zurück, daß ihn A ›das Denkmal‹ nannte. L galt als gerecht und war ein Held, und so war sein Abstieg nicht ein spektakulärer Untergang, sondern ein Immer-Tiefer-Sinken innerhalb der Hierarchie. Die Furcht vor einer Anklage unterhöhlte L. Er wußte, daß sein Sturz einmal kommen mußte. Wie die beiden Marschälle H und K war er oft betrunken, sogar zu den Sitzungen des Sekretariats erschien er nicht mehr nüchtern. Auch jetzt stank er nach Schnaps und Champagner, doch war seine rauhe Stimme ruhig, und seine wässerigen, blutunterlaufenen Augen blickten spöttisch: »Kamerad«, sagte er zu N, »wir sind erledigt. O ist nicht gekommen.« N antwortete nicht. Er zuckte nicht einmal zusammen. Er spielte den Gleichgültigen. Vielleicht war O's Verhaftung ein Gerücht, vielleicht täuschte sich L, und wenn sich L nicht täuschte, so war N's Lage vielleicht doch nicht so hoffnungslos, wie jene L's, der für den Transport verantwortlich war. Wenn es in der Schwerindustrie, in der Landwirtschaft, bei der konventionellen oder bei der atomaren Energieversorgung nicht klappte (und irgend etwas klappte immer nicht), stets konnte auch der Transportminister verantwortlich gemacht werden. Pannen, Verzögerungen, Stockungen. Die Distanzen waren beträchtlich, die Kontrollen schwerfällig.

Der Parteisekretär D und der Minister I kamen. Der Parteisekretär war fett, mächtig und intelligent. Er trug den militärisch zugeschnittenen Anzug, womit er A kopierte, aus Unterwürfigkeit wie einige, aus Spott, wie andere glaubten. I war rothaarig und schmächtig. Er war nach A's Machtübernahme Generalstaatsanwalt und ein besonders forscher Kerl gewesen. Er setzte in der ersten großen Säuberung die Todesurteile gegen die alten Revolutionäre durch, wobei ihm ein Irrtum unterlief. Er forderte auf A's Wunsch für dessen Schwiegersohn das Todesurteil, und als A unerwartet intervenierte, um seinem Schwiegersohn doch noch zu verzeihen, war der Schwiegersohn bereits erschossen, ein Lapsus, der I nicht nur die Stellung als Generalstaatsanwalt kostete: noch schlimmer, er kam an die Macht. Er wurde zum Mitglied des Politischen Sekretariats ernannt und damit auf die bequemste der möglichen Abschußlisten gesetzt. Er erreichte eine Position, wo ihm nur mit politischen Gründen der Garaus gemacht werden konnte, und politische Gründe ließen sich immer finden. Im Falle I's waren sie schon vorhanden. Zwar glaubte niemand, A hätte seinen Schwiegersohn retten wollen. Die Hinrichtung seines Schwiegersohnes kam A sicher nicht ungelegen (A's Tochter stieg schon damals mit P ins Bett); aber A besaß jetzt eine öffentliche Ausrede, I zu erledigen, wenn er ihn einmal erledigen wollte, und weil A noch nie eine Chance ausgelassen hatte, jemanden zu erledigen, gab man I keine Chance mehr. I wußte dies und benahm sich, als wüßte er es nicht, wenn auch ungeschickt. Auch jetzt. Er versuchte allzu offensichtlich, seine Unsicherheit zu verbergen. Er erzählte dem Parteisekretär von einer Aufführung des Staatlichen Balletts. I erzählte in jeder Sitzung von der Tanzerei und warf mit Fachausdrücken der Ballettkunst um sich, besonders, seit er noch das Landwirtschaftsministerium übernehmen mußte, obgleich er als Jurist von der Landwirtschaft nichts verstand. Zudem war das Landwirtschaftsministerium womöglich noch tückischer als das Transportministerium und schadete mit der Zeit noch jedem; denn in der Landwirtschaft versagte die Partei zwangsläufig. Die Bauern waren unerziehbar, egoistisch und faul. Auch N haßte die Bauern, nicht an sich, sondern als ein unlösbares Problem, woran die Planer scheiterten, und weil nun einmal Scheitern lebensgefährlich war, haßte N die Bauern doppelt, und aus seinem Haß heraus begriff er sogar I's Verhalten: wer wollte schon von Bauern reden? Nur der Minister für die Schwerindustrie F, der in einem Dorfe aufgewachsen und wie sein Vater Dorfschullehrer gewesen war und eine von einem ländlichen Lehrerseminar roh und primitiv zusammengezimmerte Halbbildung besaß, der wie ein Bauer aussah und wie ein Bauer redete, erzählte im Politischen Sekretariat von Bauern, tischte Bauernanekdoten auf, die bloß ihn erheiterten, zitierte Bauern-Sprichwörter, die nur er begriff, während der gebildete Jurist I, der sich mit Bauern herumschlug und an ihrem Unverstand verzweifelte, um nicht von ihnen reden zu müssen, seine Ballettgeschichten herunterplapperte und damit jeden anödete, am meisten A, der den Landwirtschaftsminister ›unsere Ballerina‹ nannte (vorher hatte er ihn ›unseren Himmelfahrtsjuristen‹ genannt). Trotzdem verachtete N den ehemaligen Generalstaatsanwalt, dessen sommersprossige Juristenvisage ihm widerlich war. Aus einem fixen Henker war ihm allzu schnell ein ängstlicher Kriecher geworden. N bewunderte dagegen D's Haltung. Bei all dessen Macht innerhalb der Partei und bei all dessen politischer Intelligenz empfand ›die Wildsau‹, wie ihn A bezeichnete, sicher auch Furcht, sollte die Nachricht von O's Nichterscheinen zutreffen, doch D beherrschte sich. Er verlor seine Lockerheit nie. Der Parteisekretär blieb auch in der Gefahr gelassen. Aber seine Lage war ungewiß. O's Verhaftung (falls sie nicht ein bloßes Gerücht war, das durch sein Nichterscheinen verursacht wurde) konnte einen Angriff auf D einleiten, weil O in der Partei D unterstand, sie konnte jedoch auch auf den Sturz des Chefideologen G hinzielen, als dessen persönlicher Schützling O galt: daß O's Liquidierung (falls sie eintraf) D und G zugleich bedrohte, war an sich möglich, doch kaum wahrscheinlich.

Der Chefideologe G hatte das Versammlungszimmer schon betreten. Er war linkisch, trug eine verstaubte randlose Brille und hielt den professoralen Kopf mit der weißen Mähne schräg. Er war ein ehemaliger Gymnasiallehrer aus der Provinz – A nannte ihn den ›Teeheiligen‹. G war der Theoretiker der Partei. Er war ein Abstinenzler und Asket mit Schillerkragen, ein hagerer Introvertierter, der auch im Winter Sandalen trug. War der Parteisekretär D vital, ein Genießer und Frauenheld, war beim Chefideologen G jeder Schritt theoretisch ausgeklügelt und führte nicht selten ins Absurde und Blutrünstige. Die beiden standen sich feindlich gegenüber. Statt sich zu ergänzen, rieben sie sich aneinander auf, stellten sich Fallen, versuchten einander zu stürzen: der Parteisekretär als ein Techniker der Macht stand dem Chefideologen als einem Theoretiker der Revolution gegenüber. D wollte die Macht mit allen Mitteln behaupten, G die Macht mit allen Mitteln rein erhalten, als sterilisiertes Skalpell in den Händen einer reinen Lehre. Der Wildsau waren der Außenminister B, die Erziehungsministerin M und der Transportminister L verbunden, auf seiten des Teeheiligen standen der Landwirtschaftsminister I und der Staatspräsident K sowie der Minister für die Schwerindustrie F, der an Gewalttätigkeit D kaum nachstand, sich jedoch aus jener Abneigung heraus, die ein Machtbesessener einem anderen Machtbesessenen gegenüber zu empfinden vermag, im Lager G's befand, obgleich der ehemalige Dorfschullehrer dem ehemaligen Gymnasiallehrer gegenüber mit Minderwertigkeitsgefühlen belastet war und ihn wahrscheinlich insgeheim auch haßte.

Eigentlich grüßte G D nicht mehr. Daß der Chefideologe den Parteisekretär jetzt grüßte, wie N erschrocken bemerkte, wies auf G's Furcht hin, O's Verschwinden gelte ihm, so wie der Umstand, daß D zurückgrüßte, auf dessen Furcht schließen ließ, er sei bedroht. Daß sich jedoch beide fürchteten, bedeutete, daß O wirklich verhaftet sein mußte. Die Tatsache aber, daß der Teeheilige herzlich, die Wildsau dagegen nur freundlich grüßte, deutete darauf hin, daß die Bedrohung des Chefideologen eine Nuance möglicher war, als jene des Parteisekretärs. N atmete etwas auf. D's Sturz hätte auch N in Verlegenheit gebracht. N war auf Vorschlag der Wildsau als stimmberechtigtes Mitglied ins Sekretariat aufgenommen worden und galt als dessen persönlicher Schützling, eine Ansicht, die gefährlich werden konnte, auch wenn sie der Wirklichkeit nicht ganz entsprach: erstens gehörte N keiner Gruppe an, zweitens erwartete damals der Chefideologe, der sich für den Atomminister O einsetzte, vor der Wahl, daß der Parteisekretär seinen Schützling, den Chef der Jugendgruppen P, vorschlage. Doch die Wildsau sah ein, daß es leichter war, einen neutralen Anwärter ins Sekretariat zu wählen, als einen seiner Parteigänger oder einen seines Gegners – und außerdem hatte sich inzwischen A's Tochter wieder von P getrennt, um mit einem von der Partei geehrten Romanschriftsteller zu schlafen –, worauf D seinen Kandidaten fallen ließ, um N vorzuschlagen, wodurch der Teeheilige überspielt wurde und ebenfalls für N stimmen mußte. Drittens war N nichts als ein Spezialist in seinem Ressort und für D und G harmlos. Er war für A so unbedeutend, daß er nicht einmal einen Übernamen bekommen hatte.

Das traf freilich auch für den Außenhandelsminister E zu, der hinter G den Raum betreten und gleich Platz genommen hatte – während der Chefideologe immer noch neben dem unbeschwert grinsenden Parteisekretär stand, verlegen lächelnd, die runde Schulmeisterbrille reinigend, vom Landwirtschaftsminister I mit Klatsch über den ersten Solotänzer belästigt –, E war weltmännisch, elegant. Er trug einen englischen Anzug mit locker gebüscheltem Kavalierstuch und rauchte eine amerikanische Zigarette. Der Außenhandelsminister war wie N ungewollt Mitglied des Politischen Sekretariats geworden, der Machtkampf innerhalb der Partei hatte auch ihn automatisch dem Führungsgremium entgegengeschoben, andere, die ehrgeiziger gewesen waren als er, waren dem Ringen um die vordersten Plätze und somit sich selber zum Opfer gefallen, und so überstand E als Fachmann jede Säuberung, was ihm von seiten A's den Spitznamen ›Lord Evergreen‹ eintrug. War N unfreiwillig der dreizehntmächtigste, war E ebenso unfreiwillig schon der fünftmächtigste Mann des Imperiums. Einen Rückweg gab es nicht. Ein falsches Verhalten, eine unvorsichtige Äußerung konnten das Ende bedeuten, Verhaftung, Verhöre, Tod, weshalb sich E und N mit jedem gutstellen mußten, der mächtiger war als sie oder ebenso mächtig werden konnte. Sie hatten klug zu sein, die Gelegenheiten wahrzunehmen, sich im Notfall zu ducken und die menschlichen Schwächen der andern auszunutzen. Sie waren zu vielem gezwungen, das unwürdig und lächerlich war.

Natürlicherweise. Die dreizehn Männer des Politischen Sekretariats verfügten über eine ungeheuerliche Macht. Sie bestimmten das Geschick des Riesenreiches, schickten Unzählige in die Verbannung, in den Kerker und in den Tod, griffen in das Leben von Millionen ein, stampften Industrien aus dem Boden, verschoben Familien und Völker, ließen gewaltige Städte erstehen, stellten unermeßliche Heere auf, entschieden über Krieg und Frieden, doch, da ihr Erhaltungstrieb sie zwang, einander zu belauern, beeinflußten die Sympathien und Antipathien, die sie füreinander empfanden, ihre Entscheidungen weit mehr als die politischen Konflikte und die wirtschaftlichen Sachverhalte, denen sie gegenüberstanden. Die Macht, und damit die Furcht voreinander – war zu groß, um reine Politik zu treiben. Die Vernunft kam dagegen nicht an.

Von den fehlenden Mitgliedern traten die beiden Marschälle ein, der Verteidigungsminister H und der Staatspräsident K, beide aufgeschwemmt, beide käsig, beide steif, beide mit Orden bekleistert, beide alt und schweißig, beide nach Tabak, Schnaps und Dunhill-Parfum stinkend, zwei mit Fett, Fleisch, Harn und Furcht prall gestopfte Säcke. Sie setzten sich gleichzeitig nebeneinander, ohne jemanden zu grüßen. H und K traten stets zu zweit auf. A, auf das Lieblingsgetränk der beiden anspielend, nannte sie die ›Gin-gis-Khane‹. Marschall K, der Staatspräsident und Held des Bürgerkrieges, duselte vor sich hin; Marschall H, ein militärischer Nichtskönner, der sich nur durch seine parteipolitische Strammheit zum Marschall durchgemausert hatte, indem er einen seiner Vorgänger um den andern dem sich gutgläubig stellenden A als Hochverräter ans Messer lieferte, raffte sich noch einmal auf, bevor er vor sich hinglotzte, schrie: »Nieder mit den Feinden im Schoße der Partei!« und gab damit zu, daß auch ihm die Verhaftung O's bekannt war.

Doch beachtete ihn keiner. Man war es gewohnt, die Furcht preßte Phrasen aus ihm. In jeder Zusammenkunft des Politischen Sekretariats sah er seinen Sturz kommen, erging er sich in Selbstanklagen und griff wild jemanden an, ohne je zu präzisieren, wen er damit meinte.

N starrte den Verteidigungsminister H an, auf dessen Stirne der Schweiß glitzerte, und fühlte, wie auch seine Stirne feucht zu werden begann. Er dachte an den Bordeaux, den er F schenken wollte, aber noch nicht schenken konnte, weil er ihn noch nicht besaß. Es hatte damit angefangen, daß der Parteichef D gerne Bordeaux trank und daß N vor drei Wochen anläßlich der internationalen Tagung der Postminister in Paris einige Weinlieferungen organisieren konnte; der Pariser Kollege mochte den einheimischen Schnaps, den ihm dafür N zukommen ließ. Nicht, daß N der einzige gewesen wäre, der den mächtigen D mit Bordeaux versorgte. Auch der Außenminister B tat es. Aber N's Gefälligkeit hatte doch zur Folge, daß er von B nun ebenfalls Bordeaux geschenkt bekam, aus dem einfachen Grunde, weil N, um nicht berechnend zu erscheinen, sich ebenfalls als Bordeaux-Liebhaber ausgab, obschon er sich aus Wein nichts machte. Als N jedoch entdeckte, daß der große nationale Schnapstrinker F, der Beherrscher der Schwerindustrie, den A den ›Schuhputzer‹ getauft hatte, auf Anraten seiner Ärzte, weil er Diabetiker war, heimlich nur Bordeaux konsumierte, zögerte er lange, auch F mit Bordeaux zu beschenken, weil er damit zugeben mußte, von F's Krankheit zu wissen. Doch sagte er sich, daß auch andere Mitglieder des Sekretariats davon wissen mußten. Er hatte sein Wissen vom Chef der Geheimpolizei C, und es schien unwahrscheinlich, daß es anderen nicht mitgeteilt worden war. Daher beschloß er doch, F eine Kiste Lafitte 45 zu überlassen. Der Minister der Schwerindustrie revanchierte sich umgehend. Die Geschenke des Schuhputzers waren berüchtigt. N öffnete das Paket unvorsichtigerweise am Familientisch. Es enthielt eine Filmrolle, die N, ahnungslos über ihren Inhalt und getäuscht durch die Aufschrift ›Szenen aus der Französischen Revolution‹ auf Bitten seiner Frau und seiner vier Kinder im Heimkino vorführen ließ. Es war ein pornographischer Film. Ähnliche Geschenke bekamen gelegentlich auch die andern Mitglieder des Politischen Sekretariats, wie N später erfuhr. Dabei wußte man, daß sich F aus Pornographie nichts machte. Er schenkte sie, um ein Druckmittel in der Hand zu haben, und tat so, als ob der Beschenkte die Pornographie liebe. »Na, wie hat Ihnen die kleine Schweinerei gefallen?« sagte er anderntags zu N, »sie ist zwar nicht nach meinem Gusto, aber ich weiß, daß Sie so was mögen.« N wagte keinen Widerspruch. Er sandte dem Schuhputzer, um sich zu bedanken, eine Kiste Château Pape Clément 34. So häufte sich beim nüchternen und erotisch mäßigen N das pornographische Material an, und gleichzeitig sah er sich gezwungen, weiteren Bordeaux herbeizuschaffen, denn der Nachschub aus Paris kam nur halbjährlich, und Flaschen, die ihm B schenkte, F zuzustellen, wagte er nicht. Wohl waren der Außenminister und der Minister für die Schwerindustrie verfeindet, aber ein Frontwechsel konnte eintreten. Schon oft waren unpersönliche Feinde durch plötzliche gemeinsame Interessen unzertrennliche Freunde geworden. N war genötigt, den Außenhandelsminister E ins Vertrauen zu ziehen. Es stellte sich heraus, daß auch dieser die Wildsau und den Schuhputzer mit Bordeaux beschenkte. E vermochte zwar N durch seine Außenhandelsbeziehung zu helfen, doch nicht ständig. N vermutete, daß auch noch andere D und F beschenkten und von F mit belastendem Material belohnt wurden.

N gegenüber hatte die ›Parteimuse‹ M Platz genommen. Die Ministerin für Erziehung war blond und stattlich. Von ihren Brüsten weissagte einmal A während einer Sitzung des Gremiums, sie seien das Hochgebirge, von dessen Gipfeln der Parteichef zu Tode stürzen werde. Die Parteimuse erschien damals in besonders eleganter Aufmachung, und A drohte mit seiner plumpen Zote der Wildsau. D stand im Rufe, M's Liebhaber zu sein. Seitdem kam M zur Sitzung des Sekretariats nur noch in einem schlichten, grauen Jackettkleide. Daß sie jetzt in einem tief ausgeschnittenen, schwarzen Cocktailkleid auftrat, verwirrte N, um so mehr, als sie auch Schmuck trug. Der Anlaß dazu mußte ein besonderer sein. Auch sie mußte von O's Verhaftung wissen. Die Frage war nur, ob die Parteimuse sich durch ihr Kleid von D distanzieren wollte, indem sie sich unbekümmert gab, oder ob sie damit beabsichtigte, sich mit dem Mute der Verzweiflung demonstrativ als dessen Geliebte zu benennen. Vom Parteichef D bekam N keine Antwort, denn D schien M nicht zu beachten. Er saß jetzt an seinem Platz und studierte ein Schriftstück.

M's Kleiderwahl wurde noch zweideutiger, als nun der Schuhputzer den Raum betrat, F, der kleine dicke Minister für die Schwerindustrie. Er eilte, ohne sich um die andern zu kümmern, auf die Parteimuse zu und rief aus, Donnerwetter, das sei ein Kleid, entzückend, phantastisch, etwas anderes als die ewige Kluft, die man in der Partei trage. Zum Teufel mit den Uniformen. Alle starrten F an, der weiterfuhr, weshalb man eigentlich die Revolution durchgeführt, die Plutokraten und Blutsauger ausgetilgt und die Großbauern an die Kirschbäume geknüpft hätte. »Um die Schönheit einzuführen«, schrie er und umarmte und küßte die Erziehungsministerin, als wäre sie eine Bauerndirne: »Dior den Arbeitern!«, worauf er sich auf seinen Platz zwischen D und H setzte, die beide von ihm abrückten, mußten sie sich doch, wie N, sagen, daß der Minister für die Schwerindustrie aus Galgenhumor handelte und offenbar damit rechnete, O's Verschwinden gelte dem Chefideologen und so auch ihm, wenn es auch möglich war, daß F's Übermut nicht gespielt war, weil er sichere Nachricht besaß, es sei mit dem Sturze des Parteisekretärs zu rechnen.

B trat auf. (Erst jetzt bemerkte N, daß sich der Chef der Jugendgruppen P längst neben ihn gesetzt hatte, ein blasser, bebrillter, ängstlicher, beflissener Parteimensch, dessen Kommen unbemerkt geblieben war.) B ging ruhig an seinen Platz, legte seine Aktentasche auf den Tisch und setzte sich. Der Chefideologe und der Landwirtschaftsminister I, die immer noch standen, setzten sich ebenfalls. Die Autorität des Außenministers B war unbestritten, obgleich ihn alle haßten. Er war allen überlegen. N bewunderte ihn eigentlich. War der Parteisekretär der intelligente, organisatorische, war der Minister für die Schwerindustrie der instinktiv listige Praktiker der Gewalt, war der Chefideologe der Theoretiker, so war der Außenminister ein kaum faßbares Element des

Machtkollektivs. Mit E und N war ihm die vollendete Beherrschung seines Sachgebiets gemeinsam. Er war ein idealer Außenminister. Doch im Gegensatz zu E und N war er in der Partei mächtig geworden, ohne sich jedoch wie D und G in innere Kämpfe zu verwickeln. Er war auch außerhalb der Partei einflußreich und kannte nichts als seine Aufgabe. Das machte ihn mächtig. Er war nicht treulos, doch ging er keine Bindung ein, auch persönlich war er Junggeselle geblieben. Er aß mäßig und trank mäßig, bei Banketten ein Glas Sekt, das war alles. Sein Deutsch, sein Englisch, sein Französisch, sein Russisch, sein Italienisch waren perfekt, seine Studie über Mazarin und seine Darstellung der frühindischen Großstaaten in viele Sprachen übersetzt, ebenso sein Essay über den chinesischen Zahlenbegriff. Auch kursierten Übersetzungen von Rilke und Stefan George von ihm. Am berühmtesten war jedoch seine ›Umsturzlehre‹, weshalb man ihn auch den Clausewitz der Revolution nannte. Er war unentbehrlich, und aus diesem Grunde haßte man ihn. Besonders A war er verhaßt, der ihn den ›Eunuchen‹ nannte, eine Bezeichnung, die jeder übernommen hatte, doch nicht einmal A wagte ihn, war B anwesend, so zu nennen. A nannte ihn dann nur ›Freund B‹, oder, war er außer sich, ›unser Genie‹. B dagegen sprach das Gremium mit ›meine Dame, meine Herren‹ an, als spräche er in einem bürgerlichen Verein. »Meine Dame, meine Herren«, begann er denn auch, kaum hatte er sich gesetzt und gegen seine Gewohnheit unaufgefordert zu reden: »Meine Dame, meine Herren, es mag vielleicht interessieren, der Atomminister O ist nicht erschienen.« Schweigen. B entnahm der Aktentasche einige Papiere, begann sie durchzulesen und sagte nichts mehr. N spürte, wie sich alle fürchteten. Die Verhaftung O's war kein Gerücht. Etwas anderes konnte B nicht gemeint haben. Er hätte immer gewußt, daß O ein Verräter sei, verkündete der Staatspräsident K, O sei ein Intellektueller, und alle Intellektuellen seien Verräter, und Marschall H brüllte aufs neue: »Nieder mit den Feinden im Schoße der Partei!« Die beiden Gin-gis-Khane waren die einzigen, die reagierten, die andern taten gleichgültig, außer D, der allen vernehmbar »Idioten« sagte, doch schienen es die andern nicht zu beachten. Die Parteimuse öffnete die Handtasche und puderte sich. Der Außenhandelsminister studierte Akten, der Minister für Schwerindustrie seine Fingernägel, der Landwirtschaftsminister starrte vor sich hin, der Chefideologe machte Notizen, und der Minister für Transport L schien das zu sein, als was man ihn bezeichnete, ein unbewegliches Denkmal.

A und C betraten das Sitzungszimmer. Nicht durch die Türe, die sich hinter dem Minister für die Schwerindustrie und jenem für die Verteidigung befand, sondern durch jene, die hinter dem Chefideologen und dem Landwirtschaftsminister gelegen war. C trug, wie immer, einen nachlässigen, blauen Anzug, A war in Uniform, doch ohne Orden. C setzte sich, A blieb hinter seinem Sessel stehen und stopfte behutsam seine Pfeife. C hatte seine Karriere in der Jugendorganisation begonnen und es bis zum Chef gebracht, dann wurde er von seinem Posten entfernt. Nicht aus politischen Gründen, die Klagen waren anderer Art. Darauf blieb er verschwunden. Gerüchte besagten, er habe in einem Straflager vegetiert, niemand wußte Näheres: plötzlich war er wieder da und gleich Chef der Geheimpolizei. Daß er auch jetzt in homosexuelle Affären verstrickt war, stand fest. A nannte ihn brutal seine ›Staatstante‹, doch wagte niemand mehr gegen C zu protestieren. C war hochgewachsen, leicht verfettet und kahl. Ursprünglich war er Musiker gewesen und besaß das Konzertdiplom. War B der Grandseigneur, war C der Bohemien des Gremiums. Seine Anfänge in der Partei blieben im Dunkeln. Die Grausamkeit seiner Methoden war berüchtigt, der Terror, den er verbreitete, offensichtlich. Er hatte Unzählige auf dem Gewissen, die Geheimpolizei war unter seiner Regie mächtiger, das Spitzelwesen verbreiteter denn je. Viele sahen in ihm einen Sadisten, viele widersprachen. Sie behaupteten, C bliebe keine andere Wahl, A habe ihn in der Hand. Gehorche C nicht, könne ihm aufs neue der Prozeß gemacht werden. Der Boss der Geheimpolizei sei in Wirklichkeit ein Ästhet, der seine Stellung verachte und sein Metier hasse und gezwungen sei, es auszuüben, um sein Leben und das seiner Freunde zu retten. Persönlich war C liebenswürdig. Er wirkte sympathisch, ja oft schüchtern. C, der seine Aufgabe innerhalb der Partei und im Staate am unerbittlichsten erfüllte, schien ein falscher Mann am falschen Platz zu sein und vielleicht gerade deshalb so brauchbar.

A dagegen war unkompliziert. Seine Einfachheit war seine Kraft. In der Steppe aufgewachsen, von Nomaden abstammend, war ihm die Macht kein Problem, Gewalt etwas Natürliches. Er lebte seit Jahren in einem bunkerartigen, schlichten Gebäude, das in einem Wald außerhalb der Hauptstadt versteckt war, von einer Kompanie bewacht und von einer alten Köchin bedient, die beide vom Landstrich herkamen, aus dem er stammte. Er kam nur zu Besuchen fremder Staatsoberhäupter oder Parteichefs, zu seltenen Audienzen und zu den Sitzungen des Politischen Sekretariats in den Regierungspalast, doch hatte jedes Mitglied des Sekretariats einzeln dreimal in der Woche in seinem Wohnsitz zum Rapport zu erscheinen, wo A den Herzitierten im Sommer in einer Veranda mit Korbmöbeln und im Winter in seinem Arbeitszimmer empfing, das nichts als ein riesiges Wandgemälde, sein Heimatdorf darstellend, mit einigen Bauern belebt, und einen noch riesigeren Schreibtisch enthielt, hinter dem er saß, während der Besucher stehen mußte. A war viermal verheiratet gewesen. Drei seiner Frauen waren gestorben, von der vierten wußte niemand, ob sie noch lebe und, falls sie noch lebte, wo sie lebte. Außer seiner Tochter besaß er keine Kinder. Manchmal ließ er Mädchen aus der Stadt kommen, denen er nur zunickte und die nichts zu tun hatten, als neben ihm zu sitzen und stundenlang amerikanische Filme anzuschauen. Dann schlief er in seinem Lehnstuhl ein, und die Mädchen konnten gehen. Auch ließ er jeden Monat in der Stadt das Nationalmuseum zusperren und wanderte allein stundenlang durch die Säle. Doch betrachtete er nie die Werke der modernen Kunst. Er stand andächtig vor spätbürgerlichen, historischen Riesenschinken, vor Schlachtengemälden, vor finsteren Kaisern, die ihre Söhne zum Tode verurteilten, vor Orgien betrunkener Husaren und vor von Pferden gezogenen Schlitten, die von Wölfen verfolgt über die Steppen fegten. Ebenso primitiv war sein musikalischer Geschmack. Er liebte sentimentale Volkslieder, die ihm bei seinem Geburtstag der Trachtenchor seines Heimatortes vorsingen mußte.

A pfaffte vor sich hin und betrachtete nachdenklich die

Sitzenden. N wunderte sich immer wieder, wie schmächtig und unscheinbar A in Wirklichkeit war, auf den Fotos und in der Television schien er breit und gedrungen. A setzte sich und begann zu sprechen, langsam, stockend, umständlich, sich wiederholend, penetrant logisch. Er fing mit einer allgemeinen Betrachtung an. Die zwölf übrigen Mitglieder des Politischen Sekretariats und der Anwärter P saßen unbeweglich, maskenhaft, lauernd. Sie waren gewarnt. Wenn A etwas plante, begann er mit umständlichen Betrachtungen über die Entwicklung der Revolution. Es war, als ob er weit ausholen müßte, um seine tödlichen Schläge anzubringen. So führte er denn auch jetzt aus, was er immer dozierte. Das Ziel der Partei sei die Veränderung der Gesellschaft, das Erreichte sei gewaltig, die Grundsätze, welche die neue Ordnung ermöglichten, seien durchgesetzt, aber noch seien sie den Menschen nicht natürlich, sondern erst aufgezwungen, noch denke das Volk in alten Kategorien, befangen in Aberglauben und Vorurteilen, verseucht vom Individualismus, noch versuche es immer wieder aus der neuen Ordnung auszubrechen und einen neuen Egoismus zu installieren, noch sei es nicht erzogen, noch sei die Revolution Sache der Wenigen, noch allein Sache der revolutionären Köpfe und noch zu wenig Sache der Massen, die zwar den Weg der Revolution eingeschlagen hätten, jedoch ebenso leicht wieder davon abkommen könnten. Noch könne sich die revolutionäre Ordnung nur durch Gewalt behaupten, die Revolution sich nur durch die Diktatur der Partei durchsetzen, aber auch die Partei würde zerfallen, wäre sie nicht von oben nach unten organisiert worden, so daß die Schaffung des Politischen Sekretariats eine geschichtliche Notwendigkeit gewesen sei. A unterbrach seine Ausführungen und beschäftigte sich mit seiner Pfeife, setzte sie aufs neue in Brand. Was A dozierte, dachte N, sei populäre Parteidoktrin, warum es auch immer wie in einer Parteischule zugehen müsse, bevor das Eigentliche, das Gefährliche komme, überlegte er. Es gehe formelhaft zu, wo man sich auch befinde. Wie ein endloses Gebet würden die politischen Maximen heruntergeleiert, mit denen A im Namen der Partei seine Macht begründe. Inzwischen kam A jedoch zur Sache. Er holte zum Schlag aus. Jeder erzielte Fortschritt in Richtung auf das Endziel, dozierte A, scheinbar harmlos, ohne die Stimme zu verändern, verlange eine Änderung der Partei. Der neue Staat habe sich bewährt, die Ministerien seien durch die Sachgebiete gegeben, der neue Staat sei seinem Inhalte nach fortschrittlich, seiner Form nach diktatorisch. Er sei der Ausdruck der praktischen Notwendigkeiten gegen innen und außen, denen man gegenüberstehe; den praktischen Bedürfnissen entgegengesetzt sei jedoch die Partei als ein ideologisches Instrument berufen, den Staat, komme die Zeit, zu verändern: der Staat könne sich als eine gegebene Größe nicht revolutionieren, das könne nur die Partei, die den Staat kontrolliere. Von ihr allein könne eine Veränderung des Staates nach den Bedürfnissen der Revolution erzwungen werden: gerade deshalb dürfe die Partei nicht unwandelbar sein, ihre Struktur müsse sich nach den erreichten Etappen der Revolution richten. Jetzt sei die Struktur der Partei noch hierarchisch und von oben gelenkt, was der Kampfzeit entspreche, in der sich die Partei befunden habe; die Kampfzeit sei jedoch vorüber, die Partei habe gesiegt, die Macht befinde sich bei ihr, der nächste Schritt sei die Demokratisierung der Partei, der damit eine

Demokratisierung des neuen Staates einleite: demokratisiert werden könne die Partei jedoch nur, indem man das Politische Sekretariat abschaffe und seine Macht einem erweiterten Parteiparlament delegiere, denn der einzige Zweck des Politischen Sekretariats habe darin bestanden, die Partei als eine tödliche Waffe gegen die alte Ordnung einzusetzen, eine Aufgabe, die erfüllt worden sei, die alte Ordnung bestehe nicht mehr, weshalb man nun das Politische Sekretariat liquidieren könne.

N erkannte die Gefahr. Sie bedrohte indirekt alle und direkt keinen. A's Vorschlag war überraschend. Nichts hatte darauf hingewiesen, daß A einen solchen Vorschlag machen würde, der Vorschlag entsprach einer Taktik, die mit dem Unverhofften arbeitete. A's Ausführungen waren zweideutig, seine Absichten eindeutig. Seine Rede war scheinbar logisch gewesen, im traditionell revolutionären Stil der Revolution gehalten, zugeschliffen in den unzähligen geheimen und öffentlichen Versammlungen der Kampfzeit. In Wirklichkeit aber hatte die Rede einen Widerspruch enthalten, und in diesem Widerspruch war die Wahrheit versteckt gewesen: A wollte die Partei entmachten, indem er sie demokratisierte, ein Vorgang, der ihm die Möglichkeit zuspielte, das Politische Sekretariat zu stürzen und seine Alleinherrschaft endgültig zu installieren. Getarnt durch ein Scheinparlament würde er dadurch mächtiger denn zuvor, weshalb er denn auch zu Beginn von der Notwendigkeit der Gewalt gesprochen hatte. Daß eine neue Säuberung drohte, war zwar nicht sicher. Die Auflösung des Politischen Sekretariats konnte auch ohne Säuberung vor sich gehen. Aber A neigte dazu, jene Elemente zu liquidieren, die er verdächtigte oder die verdächtigt wurden, seiner Alleinherrschaft Widerstand entgegenzusetzen. Daß A diese Elemente im Politischen Sekretariat vermutete, war durch die Verhaftung O's wahrscheinlich. Doch bevor sich N zu überlegen vermochte, ob er für A eine Gefahr darstelle oder nicht und inwieweit mit der Auflösung des Politischen Sekretariats auch sein Sturz als Postminister möglich sei – zu seinen Gunsten konnte er im Moment nur die Briefmarken zur Friedenskonferenz anführen –, geschah etwas Unerwartetes.

A hatte eben seine Pfeife ausgeklopft, was immer als Zeichen galt, daß er die Sitzung des Politischen Sekretariats für beendet hielt und keine Diskussion wünschte, als der Transportminister L das Wort ergriff, ohne sich vorher gemeldet zu haben. Der Transportminister erhob sich mühsam. Seine Trunkenheit hatte offenbar zugenommen. Er wies darauf hin, leicht lallend und zweimal ansetzend, daß O fehle und daß darum die Sitzung des Politischen Sekretariats noch gar nicht habe beginnen können. Es sei schade um A's prächtige Rede, aber Satzung sei Satzung, auch für Revolutionäre. Alle starrten das Denkmal entgeistert an, das, über den Tisch geneigt, die Arme aufgestützt und trotzdem schwankend, A kampflustig musterte, das Gesicht mit den weißen, buschigen Augenbrauen und den grauen Bartstoppeln, bleich und maskenhaft. L's Einwand war unsinnig, wenn auch formell richtig. Der Unsinn lag darin, daß der Einwand überflüssig war, durch A's ausführliche Rede hatte die Sitzung schon begonnen, und er lag darin, daß der Transportminister mit seinem Protest so tat, als wisse er nichts von O's und von seiner eigenen möglichen bevorstehenden Verhaftung. Was N jedoch stutzig machte, war der schnelle Blick, den A, die Pfeife wieder stopfend, C zuwarf. Im Blicke A's lag ein seltsames Erstaunen, das N vermuten ließ, A wisse als einziger nicht, daß alle von O's Verhaftung wußten, worauf sich die Frage aufdrängte, ob nicht die Nachricht von O's Verhaftung vom Chef der Geheimpolizei selber stamme und gegen den Willen A's erfolgt sei, aber auch, ob der Außenminister B, der allen andern Mitgliedern des Politischen Sekretariats gegenüber O's Nichterscheinen erwähnt hatte, nicht mit C ein Bündnis geschlossen haben könnte. Die Vermutungen N's wurden durch A's Entgegnung nicht völlig widerlegt. Es sei gleichgültig, antwortete nämlich A, vor sich wieder Wolken seines englischen Tabaks Balkan Sobranie Smoking Mixture hinpaffend, es sei gleichgültig, ob O erschienen sei oder nicht, und auch der Grund seines Fehlens spiele keine Rolle, O sei bloß ein nicht stimmberechtigter Anwärter, und die gegenwärtige Sitzung habe nichts als die Auflösung des Politischen Sekretariats zu beschließen, was sie beschlossen habe, da sich keine Gegenstimme erhoben hätte, ein Beschluß, wozu O's Anwesenheit nicht vonnöten gewesen sei.

L, plötzlich entmutigt und müde, wie es bei Betrunkenen vorkommt, wollte wieder in den Sessel zurücksinken, als der Boss der Geheimpolizei C trocken bemerkte, der Atomminister hätte offenbar wegen einer Erkrankung nicht kommen können, eine schamlose Lüge, die, falls C wirklich die Nachricht von O's Verhaftung verbreitet hatte, nur beabsichtigen konnte, L wiederum zu reizen, um dessen Verhaftung vorzubereiten. »Krank?« schrie denn auch L, sich auf den linken Vorderarm stützend und mit der rechten Faust auf den Tisch trommelnd, »krank, wirklich krank?« – »Wahrscheinlich«, bemerkte C aufs neue kaltblütig und ordnete irgendwelche Papiere. L ließ ab, mit der Faust auf den Tisch zu schlagen, setzte sich, stumm vor Wut. In der Türe, hinter F und H, erschien der Oberst, was gegen jede Gewohnheit war, niemand hatte während der Sitzung des Politischen Sekretariats das Recht, das Zimmer zu betreten. Der Auftritt des Obersts mußte etwas Besonderes ankündigen, einen Alarm, ein Unglück, eine Meldung von größter Wichtigkeit. Um so überraschender war es daher, als der Oberst nur gekommen war, L zu bitten, in einer dringlichen persönlichen Angelegenheit hinauszukommen.– Er solle verschwinden, schnauzte L den Oberst an, der zögernd gehorchte, nicht ohne den Chef der Geheimpolizei anzublicken, als ob er von ihm Hilfe erwarte, doch war C immer noch mit seinen Papieren beschäftigt. A lachte, L habe wohl wieder einmal zu viel gesoffen, meinte er gutmütig in seiner jovialen, groben Sprache, die er dann gebrauchte, wenn er guter Laune war, L solle machen, daß er rauskomme, und seine privaten Angelegenheiten erledigen, ob irgendeine seiner Mätressen niedergekommen sei? Alles lachte dröhnend, nicht weil man A's Worte komisch fand, aber die Spannung war so groß, daß jeder einen Ausweg suchte, auch wollte man unbewußt L den Rückweg erleichtern. A ließ durch die Sprechanlage den Oberst wieder hereinbitten. Der Oberst erschien aufs neue. Was denn geschehen sei, fragte A. Die Frau des Transportministers liege im Sterben, entgegnete der Oberst salutierend. »Hauen Sie wieder ab«, sagte A. Der Oberst verschwand. »Geh, L!«

sagte A, »das mit den Mätressen ist ein grober Scherz gewesen, ich nehme ihn zurück. Ich weiß, deine Frau war für dich wichtig. Geh zu ihr, die Sitzung ist ohnehin beendet.« So menschlich A's Worte klangen, die Furcht des Transportministers war zu groß, er glaubte ihnen nicht. Das Denkmal kannte in seiner Verweiflung und in seiner Trunkenheit nur noch die Flucht nach vorne. Er sei ein alter Revolutionär, schrie er, sich wieder in die Höhe stemmend, seine Frau sei zwar im Spital, das wüßten alle, aber sie habe die Operation gut überstanden, er gehe nicht in die Falle. Von Anbeginn sei er in der Partei gewesen, vor A, vor C und vor B, die nur erbärmliche Emporkömmlinge seien. Er habe schon in einer Zeit für die Partei gewirkt, wo es gefährlich gewesen sei, in ihr zu sein, lebensgefährlich. Er habe in erbärmlichen, stinkenden Zuchthäusern gesessen, wie ein Tier angekettet, und Ratten hätten nach seinen blutigen Fußgelenken geschnappt. Ratten, schrie er immer wieder, Ratten! Seine Gesundheit habe er ruiniert im Dienste der Partei, er sei um ihretwillen zum Tode verurteilt worden. »Das Erschießungskommando war schon aufmarschiert, Genossen«, heulte er, »es stand mir schon gegenüber.« Nach seiner Flucht, lallte er weiter, sei er untergetaucht, immer wieder sei er untergetaucht, bis die große Revolution gekommen sei, bis er an der Spitze der Revolutionäre mit einem Revolver und einer Handgranate den Palast gestürmt habe. »Mit einem Revolver und einer Handgranate habe ich Geschichte gemacht, Weltgeschichte«, brüllte er und war nicht mehr zu bändigen, seine Verzweiflung und seine Wut hatten etwas Großartiges; obgleich versoffen und heruntergekommen, schien er jetzt wieder der alte, berühmte Revolutionär geworden zu sein, der er einst gewesen war. Er habe gegen eine verlogene und korrupte Ordnung gekämpft und für die Wahrheit sein Leben eingesetzt, fuhr er in seiner wilden Tirade fort. Er habe die Welt verändert, um sie besser zu machen, es habe ihm nichts ausgemacht, zu leiden und zu hungern, verfolgt und gefoltert zu werden, er sei stolz darauf gewesen, denn er habe gewußt, auf der Seite der Armen und der Ausgebeuteten zu stehen, und es sei ein herrliches Gefühl gewesen, auf der richtigen Seite zu stehen, doch jetzt, wo der Sieg errungen worden sei, wo die Partei die Macht übernommen habe, jetzt stehe er auf einmal nicht mehr auf der richtigen Seite, auf einmal stehe auch er auf der Seite der Mächtigen. »Die Macht hat mich verführt, Genossen«, rief er aus, »zu welchen Verbrechen habe ich nicht schon geschwiegen, welchen von meinen Freunden habe ich nicht schon verraten und der Geheimpolizei ausgeliefert? Soll ich weiter schweigen?« O sei verhaftet worden, fuhr er fort, plötzlich bleich, erschöpft und leise, das sei die Wahrheit, die allen bekannt sei, und er verlasse nicht den Raum, weil man auch ihn im Vorzimmer verhaften wolle, weil das angebliche Sterben seiner Frau nur eine Lüge sei, um ihn aus dem Sitzungszimmer zu locken. Mit diesen Worten, die einen Verdacht aussprachen, der für alle nicht unbegründet war, ließ er sich in den Sessel zurückfallen.

Während so L in tollem Trotze aufbegehrte, im Bewußtsein seiner hoffnungslosen Lage, enthemmt von jeder Vorsicht, die ihm nutzlos erscheinen mußte; während alle versteinert dem gespenstischen Schauspiel beiwohnten, das ein Riese bei seinem Untergang darbot; während in jeder Pause, zwischen den ungeheuerlichen Sätzen, die

L ausstieß, Marschall H aus jämmerlicher Furcht, in den Untergang des Denkmals hineingerissen zu werden, immer wieder »Nieder mit den Feinden im Schoße der Partei« schrie; während der Staatspräsident endlich, Marschall K, kaum hatte L geendet, eine überschwengliche Erklärung seiner immerwährenden Treue A gegenüber abgab; während all dieser Vorgänge überlegte sich N, wie sich nun wohl A verhalten würde. A saß gelassen da und rauchte seine Pfeife. Es war ihm nichts anzumerken. Und doch mußte etwas in ihm vorgehen. N war sich zwar noch nicht darüber im klaren, inwieweit L's Protest A bedrohen konnte, doch fühlte er, daß A's Überlegungen für dessen zukünftige Stellung und für die zukünftige Entwicklung der Partei entscheidend sein würden und daß man vor einem Wendepunkt stehe, nur wußte N nicht, vor welchem Wendepunkt, ebensowenig, wie er über das Vorgehen A's eine Voraussage wagte. A war ein gerissener Taktiker, seinen verblüffenden Schachzügen im Spiel um die Macht war niemand gewachsen, nicht einmal B. Er war ein instinktiver Menschenkenner, der die Schwäche eines jeden Rivalen kannte und ausnützte, er verstand sich auf den Menschenfang und die Menschenjagd wie kein anderer im Politischen Sekretariat, aber er war nicht der Mann des offenen Zweikampfes, er brauchte den Kampf im Versteckten, den Angriff aus dem Unvermuteten. Seine Fallen legte er im Dschungel der Partei mit ihren tausendfältigen Abteilungen und Unterabteilungen, Zweigen und Nebenzweigen, Gruppen, Obergruppen und Untergruppen; einen offenen Widerspruch, einen Angriff von Mann zu Mann mußte er schon lange nicht mehr erlebt haben. Die Frage war, ob A sich aus der Fassung bringen ließ, ob er die Übersicht verlieren, ob er voreilig handeln, ob er die Verhaftungen zugeben oder weiterhin leugnen würde, alles Fragen, die N nicht zu beantworten vermochte, weil er selber nicht wußte, was er anstelle A's hätte tun sollen; doch kam N nicht dazu, seine Mutmaßungen über A's wahrscheinliches Verhalten fortzusetzen, denn kaum hatte Marschall K seine erste Atempause gemacht, Kraft zu holen, um in seiner Ergebenheitserklärung A gegenüber noch enthusiastischer zu werden, als F ihn unterbrach und zu reden begann. Eigentlich hatte F nicht nur den Staatspräsidenten K unterbrochen, sondern auch unfreiwillig A, der, als K eine Pause machte, die Pfeife aus dem Munde genommen hatte, um wohl L endlich zu entgegnen, doch F, der es nicht bemerkte oder nicht bemerken wollte, war schneller. Er begann zu reden, bevor er noch aufgestanden war, dann stand er unbeweglich, klein, dick, unglaublich häßlich, mit Warzen im Gesicht, die Hände vor den Bauch gefaltet, wie ein plumper, betender Bauer im Sonntagsgewand, und redete und redete. N wußte sofort warum. Die Ruhe des Ministers für die Schwerindustrie täuschte. Der Schuhputzer handelte aus purem Entsetzen über L's Vorgehen, er sah schon A's Zorn über alle herfallen, die Verhaftung des gesamten Politischen Sekretariats bevorstehen. Als Sohn eines Dorflehrers hatte der Schuhputzer sich mühsam in der Provinz hochgebüffelt. Früh in der Partei, wurde er verspottet, nie ernst genommen, auf vielerlei Arten gedemütigt, als Lakai eingesetzt, bis er doch hochkam (was viele büßen mußten), weil er keinen Stolz hatte (den er sich nicht leisten konnte), sondern nur Ehrgeiz, und weil er zu allem fähig war, und nun war er zu allem fähig. Er verrichtete die schmutzigsten Arbeiten (die blutigsten), blind im Gehorsam, bereit zu jedem Verrat, in vielem der durchaus Schrecklichste der Partei, schrecklicher noch als A, der schrecklich durch seine Taten, aber bedeutend durch seine Person war. A war nicht deformiert, weder durch den Kampf, noch durch die Macht. A war, wie er war, ein Stück Natur, ein Ausdruck seiner mächtigen Gesetzmäßigkeit, durch sich selbst geformt und nicht durch andere. F war nur schrecklich, die Unwürde war ihm geblieben, er konnte sie nicht abschütteln, sie blieb an ihm haften, selbst die beiden Gin-gis-Khane wirkten neben ihm aristokratisch, selbst A, der ihn doch brauchte, nannte ihn öffentlich nicht nur Schuhputzer, sondern auch den Arschlecker; darum war jetzt auch seine Furcht größer als die Furcht der andern. F hatte alles getan, um nach oben zu kommen. Nun, am Ziel, sah er durch die wahnwitzigen Ausfälle L's seine unmenschlichen und unwürdigen Anstrengungen gefährdet, seine grotesken Selbstverleugnungen sinnlos und seine schamlosen Kriechereien vergeblich geworden; so mächtig hatte ihn die panische Angst befallen, daß er sogar, besinnungslos vor Furcht, A das Wort abgeschnitten hatte (wie nun N überzeugt war), doch F wollte wohl der Ergebenheitserklärung K's noch schnell, als könnte das ihn retten, die seine beifügen, das freilich auf seine Weise. Er lobte nicht A, wie es der Staatspräsident maßlos getan hatte, er griff noch maßloser L an. Er begann nach seiner Gewohnheit mit den ewigen Bauernsprüchen, die er sich angeeignet hatte, gleichgültig, ob sie paßten oder nicht. Er sagte: »Bevor der Fuchs angreift, werden die Hühner frech.« Er sagte: »Der Bauer wäscht sein Weib nur, wenn der Junker mit ihr schlafen will.« Er sagte: »Der Jammer kommt vor dem Galgen.« Er sagte: »Auch ein Großbauer kann in die Jauchegrube fallen«, und er sagte: »Der Bauer schwängert die Magd und der Knecht die Bäuerin.« Dann kam er auf den Ernst der Lage zu sprechen, wohlweislich nicht auf den Ernst der innenpolitischen Lage – als Minister der Schwerindustrie war er zu sehr in sie verstrickt –, sondern auf jenen der außenpolitischen Lage, wo er eine »tödliche Gefahr für unser liebes Vaterland« aufziehen sah – um so verblüffender, als nach der Friedenskonferenz die äußere Politik entspannter war als sonst. Der internationale Großkapitalismus stünde wieder einmal bereit, die Revolution um ihre Früchte zu bringen, und es sei ihnen schon gelungen, das Land mit ihren Agenten zu durchsetzen. Von der Außenpolitik ging er auf die Notwendigkeit der Disziplin über, aus der Notwendigkeit der Disziplin folgerte er die Notwendigkeit des Vertrauens. »Genossen, wir sind alle Brüder, Kinder der einen, großen Revolution!« Dann behauptete er, dieses notwendige Vertrauen sei ohne Notwendigkeit von L verletzt worden, der an A's Worten gezweifelt habe, indem er, entgegen der Versicherung A's, zu glauben vorgebe, der erkrankte O sei verhaftet, ja das Mißtrauen des Transportministers, »dieses Denkmals, das schon lange ein Schandmal geworden sei«, gehe so weit, daß er nicht einmal das Sitzungszimmer zu verlassen wage, um seiner sterbenden Frau beizustehen, eine Unmenschlichkeit, die jeden Revolutionär, dem die Ehe noch heilig sei – und wem sei sie nicht heilig –, entsetzen müsse. Ein solcher Verdacht beleidige nicht nur A, er schlage auch dem Politischen Sekretariat ins Gesicht (N überlegte: A hatte nichts von O's angeblicher Krankheit gesagt. Diese Lüge stammte vom Sicherheitsminister C, indem F die Lüge A zuschob, legte er A fest, ein weiterer

Fehler, der bloß aus der erbärmlichen Furcht des Ministers für Schwerindustrie zu erklären war – doch hatte hier N im gleichen Augenblick den Verdacht, vielleicht sei O's Krankheit die Wahrheit und dessen Verhaftung eine Lüge, ausgestreut, um das Politische Sekretariat zu verwirren, einen Verdacht, den N jedoch, auch im gleichen Augenblick, wieder fallenließ.) Der Schuhputzer unterdessen, unbesonnen, ließ sich vom Versuch, sich in Sicherheit zu bringen, hinreißen, nun auch seinen alten Feind D anzugreifen, wohl, weil er glaubte, zusammen mit dem Transportminister L müsse der Parteisekretär D automatisch fallen, ohne zu bedenken, daß der Transportminister politisch längst von allen abgeschrieben worden war, D sich dagegen in einer Stellung befand, aus der man ihn nicht entfernen konnte, ohne die Partei und den Staat schwer zu erschüttern. Aber diese Erschütterung war offenbar für F schon eine Tatsache, sonst wäre ihm aufgefallen, daß sich während seiner Attacke sogar der Verteidigungsminister H still verhielt und ihn nicht unterstützte. Der Schuhputzer schrie, wenn die Bauern hungerten, mäste sich der Pfarrer, schrie, wenn der Junker kalte Füße habe, brenne er ein Dorf nieder, behauptete, D verrate die Revolution, indem er sie einschlafen lasse, und habe die Partei in einen bürgerlichen Verein verwandelt. In seinem verzweifelten Übermut ging F noch weiter. Er griff nach D auch dessen Verbündete an, machte sich über die Erziehungsministerin lustig, als Jungfrau gehe man ins Haus eines Pferdehändlers und als Hure komme man wieder heraus, sei ein altes Bauernsprichwort, und für den Außenminister B gelte, wer sich mit einem räudigen Wolf befreunde, werde selber ein räudiger Wolf; doch wurde F, bevor er ein weiteres Bauernsprichwort zitieren konnte und bevor er dazu kam, seine Anschuldigungen zu präzisieren, vom Oberst unterbrochen. Der blonde Offizier betrat zur allgemeinen Verblüffung zum zweitenmal das Sitzungszimmer, salutierte, überreichte dem Minister für die Schwerindustrie einen Zettel, salutierte aufs neue stramm und verließ das Sitzungszimmer.

F, überrascht durch den Unterbruch und eingeschüchtert durch das militärische Schauspiel, wurde unsicher, überflog den Zettel, knüllte ihn zusammen, steckte ihn in die rechte Seitentasche, murmelte, er habe es nicht so gemeint, setzte sich, von einem jähen Mißtrauen erfaßt, wie N spürte, und schwieg. Die andern rührten sich nicht. Das erneute Erscheinen des Obersts war zu ungewöhnlich gewesen. Es schien inszeniert zu sein. Der Zwischenfall war bedrohlich. Nur M, die F während seiner Rede scharf gemustert hatte, tat, als ob nichts geschehen wäre. Sie öffnete ihre Handtasche und puderte sich, was sie sonst im Verlaufe einer Sitzung noch nie gewagt hatte. A sagte immer noch nichts, griff immer noch nicht ein, schien immer noch gleichgültig. B und C, einander gegenüber, die A am nächsten saßen, blickten sich an, schnell und wie zufällig, wie N bemerkte, der Außenminister strich sich dabei über seinen sorgfältig gestutzten Schnurrbart. Der Chef der Geheimpolizei schob seine Seidenkrawatte zurecht und fragte kühl, ob F mit dem Unsinn zu Ende sei, das Sekretariat habe zu arbeiten. N überlegte aufs neue, ob nicht B und C im geheimen verbündet sein könnten. Sie galten als Feinde, doch hatten sie vieles gemeinsam: die Bildung, die Überlegenheit, ihre Abstammung von bekannten Familien des

Landes. C's Vater war Minister in einer bürgerlichen Regierung gewesen, und B war der illegitime Sohn eines Fürsten, auch hielten ihn einige wie C für homosexuell. Die Möglichkeit einer geheimen Übereinkunft zwischen den beiden fiel N jedoch auch darum zum zweiten Mal ein: mit dem Vorwurf, den C an den Minister für die Schwerindustrie richtete, kam er offensichtlich B zu Hilfe und nicht nur dem Außenminister, auch D und M, sogar L wurden von ihm unterstützt. F, verwirrt durch diese Niederlage, um so mehr als er wohl geglaubt hatte, C auf seiner Seite zu finden, antwortete kleinlaut, er müsse ins Ministerium telefonieren, dringend, es sei ihm peinlich, irgendeine unglückliche Angelegenheit verlange seine Entscheidung. A erhob sich. Er ging gemächlich zum Buffet hinter ihm, schenkte sich sorgfältig Kognak ein, blieb stehen. Er sagte, telefonieren könne F im Vorzimmer und auch L solle schleunigst verschwinden und wenigstens ins Spital telefonieren, er ordne einen Unterbruch der Sitzung für fünf Minuten an, denn, daß die Sitzung nach diesen läppischen und rein persönlichen Angriffen nicht abgebrochen werden könne, verlange die Parteidisziplin, doch dann wolle er nicht mehr gestört werden, wer denn dieser Esel von einem Oberst sei. Ein Stellvertreter, antwortete der Chef der Geheimpolizei, der alte Oberst sei im Urlaub, aber er werde den Kerl noch einmal informieren. Er zitierte den Oberst durch die Sprechanlage herbei. C befahl dem Oberst, der salutierend wieder erschien, er solle sich nicht mehr blicken lassen, komme was da wolle. Der Oberst zog sich zurück. Weder F noch L verließen den Raum, sie blieben sitzen, als ob nichts geschehen wäre. D grinste den Minister für die Schwerindustrie an, erhob sich, trat zu A und goß sich ebenfalls Kognak ein, fragte, was denn nun sei, warum F nicht ins Vorzimmer gehe, zum Teufel, wenn das Ministerium für die Schwerindustrie schon eine Sitzung des Politischen Sekretariats stören lasse, müsse doch dort die Hölle los sein; es sei zwar lobenswert, wie seinem Freunde F das Wohl des Staates und der Revolution am Herzen liege, aber gerade für dieses Wohl sei es wünschenswert, wenn er sich endlich um seine Pflicht kümmere und sich schleunigst mit seinem Amte in Verbindung setze, es sei niemand gedient, wenn die Schwerindustrie in Unordnung gerate.

N überlegte. Das Wichtigste schien ihm, daß A sich plötzlich entschlossen hatte, die Sitzung des Politischen Sekretariats weiterzuführen. Der Hinweis auf die Parteidisziplin war eine Phrase, das mußte jedem einleuchten. Eine Abstimmung hatte bis jetzt noch nie stattgefunden, man hatte schweigend zugestimmt, das Kräfteverhältnis zwischen den beiden feindlichen Gruppen innerhalb des Politischen Sekretariats war zu ausgeglichen gewesen. Auch hatte es A jederzeit in der Hand, die Frage vor den Parteikongreß zu bringen und das unpopuläre Politische Sekretariat auf diese Weise öffentlich zu liquidieren. A's Entschluß mußte einen andern Grund haben. Es mußte ihm klar geworden sein, daß er einen Fehler gemacht hatte, indem er gleichzeitig das Politische Sekretariat hatte säubern und aufheben wollen. Er hätte es zuerst säubern und dann aufheben, oder erst aufheben und dann die einzelnen Mitglieder liquidieren sollen. Nun stand er einer Front gegenüber. Mit der Verhaftung O's hatte er voreilig alle gewarnt, die Weigerung L's und F's, den Raum zu verlassen, waren Zeichen, daß sich alle fürchteten. Vor dem Parteikongreß war A frei und allmächtig, innerhalb des Politischen Sekretariats war er, wie alle andern Mitglieder, ein Gefangener des Systems. Hatte man Furcht vor A, so mußte A, wenn auch nicht Furcht, die er nicht kannte, so doch Mißtrauen haben. Den Parteikongreß einzuberufen, brauchte Zeit, während dieser Zeit blieben die Mitglieder des Politischen Sekretariats mächtig und konnten handeln. So mußte auch A handeln. Er mußte aufs neue sondieren, auf wen er zählen konnte oder nicht, und dann kämpfen. A's souveräne Menschenverachtung hatte nicht nur die Fronten durcheinander gebracht. Aus einem Geplänkel drohte unvermutet eine Entscheidungsschlacht zu werden.

Vorerst geschah nichts. Niemand handelte. F blieb sitzen, der Transportminister ebenfalls, das Gesicht in die Hände vergraben. N hätte sich gerne den Schweiß von der Stirne gewischt, doch wagte er es nicht. Neben ihm hatte P die Hände gefaltet. Es schien, als betete er, mit heiler Haut davonzukommen, wenn es auch unwahrscheinlich war, daß ein Mitglied des Politischen Sekretariats überhaupt betete. Der Außenhandelsminister E zündete sich eine seiner amerikanischen Zigaretten an. Der Verteidigungsminister H erhob sich, fand, leicht torkelnd, auf dem Buffet eine Flasche Gin, pflanzte sich neben A und B auf, prostete feierlich A zu: »Es lebe die Revolution« und bekam den Schluckauf, ohne in seiner Benommenheit zu beachten, daß A ihn nicht beachtete. M entnahm ihrer Handtasche ein goldenes Zigarettenetui, D ging zu ihr, hielt ihr sein goldenes Feuerzeug hin, blieb hinter ihr stehen. »Nun, ihr zwei«, fragte A gemächlich, »schlaft ihr eigentlich miteinander?« –

»Früher schliefen wir miteinander«, antwortete D unverfroren. A lachte, es sei immer gut, wenn seine Mitarbeiter sich verstünden, dann wandte er sich F zu. »Los, Schuhputzer«, kommandierte er, »los, Arschlecker, telefonieren!« F blieb sitzen. »Nicht draußen«, sagte er leise. A lachte aufs neue. Es war immer das gleiche langsame, fast gemütliche Lachen, das man von ihm vernahm, gleichgültig, ob er scherzte oder drohte, so daß man nie wußte, wie er es meinte. Er glaube wirklich, der Kerl habe Schiß, bemerkte er. »Stimmt«, antwortete F, »ich habe Schiß, ich fürchte mich.« Alle starrten F schweigend an, es war ungeheuerlich, seine Furcht zuzugeben. »Wir fürchten uns alle«, fuhr der Minister für die Schwerindustrie fort und blickte A ruhig an, »nicht nur ich und der Transportminister, alle.« »Unsinn«, entgegnete der Chefideologe G, erhob sich und ging zum Fenster. »Unsinn, purer Unsinn«, sagte er aufs neue mit dem Rücken gegen die anderen gekehrt. »Dann verlaß das Zimmer«, forderte ihn F auf. Der Chefideologe wandte sich um und starrte F mißtrauisch an. Was er draußen solle, fragte er. Der Chefideologe wage es auch nicht, hinauszugehen, stellte F gelassen fest. G wisse genau, daß er nur hier sicher sei. »Unsinn«, entgegnete G wieder, »Unsinn, purer Unsinn.« F blieb hartnäckig: »Dann geh hinaus«, forderte er den Teeheiligen aufs neue auf. G blieb am Fenster stehen. F wandte sich wieder A zu: »Siehst du, wir alle haben Schiß.« Er saß aufrecht in seinem Sessel, die Hände auf den Tisch gelegt, und alles Häßliche war von ihm gewichen. F sei ein Narr, sagte A, stellte das Kognakglas auf das Buffet zurück, kam zum Tisch. »Ein Narr«, antwortete F, »wirklich? Bist du so sicher?« Er sprach leise, was er sonst nie tat. Außer L befänden sich keine alten Revolutionäre mehr im Politischen Sekretariat, sagte er, wo sie geblieben seien? Dann zählte er die Namen der Liquidierten auf, sorgfältig, langsam, vergaß auch nicht die Vornamen, nannte Männer, die einmal berühmt gewesen waren, die die alte Ordnung gestürzt hatten. Es war seit langem zum ersten Mal, daß diese Namen wieder genannt wurden. N fröstelte. Er kam sich auf einmal wie auf einem Friedhof vor. »Verräter«, schrie A, »das waren Verräter, das weißt du genau, verdammter Arschlecker.« Er schwieg, wurde wieder ruhig, musterte den Schuhputzer nachdenklich. »Und du bist auch so ein Schwein«, sagte er daraufhin nebenbei. N wußte sofort, daß A einen weiteren Fehler begangen hatte. Natürlich war es eine Provokation gewesen, die Namen der alten Revolutionäre zu nennen, doch F war durch das Eingeständnis seiner Furcht ein Gegner geworden, den A hätte ernst nehmen sollen. Statt dessen ließ sich A hinreißen, ihn zu bedrohen, statt zu beruhigen. Ein freundliches Wort, ein Scherz hätte F zur Vernunft gebracht, doch A verachtete F, und weil er ihn verachtete, sah er keine Gefahr und wurde leichtsinnig. F dagegen konnte nicht mehr zurück. In seiner Verzweiflung hatte er alles aufs Spiel gesetzt und zeigte zur Überraschung aller Charakter. Er mußte kämpfen und war der natürliche Verbündete des Transportministers geworden –der es jedoch in seiner Apathie nicht realisierte. »Wer sich der Revolution entgegenstellt, wird vernichtet«, verkündete A, »alle sind vernichtet worden, die es versuchten.« Ob sie es wirklich versucht hätten, fragte der Schuhputzer unbeirrbar, das glaube A selber nicht. Die Männer, die er aufgezählt habe und die umgekommen seien, hätten die Partei gegründet und die Revolution durchgeführt. Sie hätten in vielem geirrt, gewiß, aber Verräter seien sie nicht gewesen, ebensowenig, wie jetzt der Transportminister ein Verräter sei. Sie hätten gestanden und seien durch die Gerichte verurteilt worden, entgegnete A. »Gestanden!« lachte F, »gestanden! Wie haben sie gestanden. Darüber soll uns einmal der Chef der Geheimpolizei etwas erzählen!« A wurde bösartig. Die Revolution sei ein blutiges Geschäft, entgegnete er, es gebe Schuldige auch auf ihrer Seite und wehe den Schuldigen. Wer an dieser Erkenntnis rüttle, sei an sich schon ein Verräter. Im übrigen, höhnte er, sei es sinnlos, zu diskutieren, dem Schuhputzer seien offenbar die schweinischen Schriften in den Kopf gestiegen, die er unter seinen Kollegen verteile, indem er offensichtlich die Partei für ein Bordell halte, und A müsse F's Freund, den Chefideologen G, doch sehr bitten, sich zu überlegen, mit wem er verkehre. Mit dieser impulsiven und unnötigen Drohung dem Teeheiligen gegenüber – möglicherweise aus Ärger, daß es der Chefideologe auch nicht gewagt hatte, den Raum zu verlassen – nahm A wieder seinen Platz ein. Jene, die noch standen, setzten sich ebenfalls, G als letzter. Er eröffne die Sitzung von neuem, sagte A.

Der Teeheilige rächte sich unverzüglich. Vielleicht, weil er glaubte, mit F zusammen in Ungnade gefallen zu sein, vielleicht auch nur, weil ihn die unvorsichtige Rüge A's beleidigte. Wie viele Kritiker, vertrug er keine Kritik. Schon als Gymnasiallehrer veröffentlichte der Teeheilige in unbedeutenden Provinzblättern literarische Kritiken von einer derartigen parteitreuen Penetranz, daß ihn A, der die meisten Schriftsteller des Landes als bürgerliche Intelligenzler verachtete, zu Beginn der zweiten großen Säuberung in die Hauptstadt beorderte, wo G die kulturelle Redaktion des Regierungsblattes übernahm und in kurzer Zeit mit immensem Bienenfleiß Literatur und Theater des Landes zugrunde richtete, indem er nach dem Schema der Ideologie die Klassiker für gesund und positiv, die Schriftsteller der Gegenwart für krank und negativ erklärte: so primitiv der Grundgedanke seiner Kritik auch war, die Form, in der er sie darbot, war intellektuell und logisch, der Teeheilige schrieb vertrackter als seine literarischen und politischen Gegner. Er war allgewaltig. Wen G verriß, war erledigt, kam nicht selten hinter Stacheldraht oder verschwand. Persönlich war G von einer nicht zu übertreffenden Biederkeit. Er war glücklich verheiratet, wie er jedem unter die Nase rieb, Vater von acht, in regelmäßigen Abständen gezeugten Söhnen. Er war in der Partei verhaßt, aber der große Praktiker A, der sich gern als Theoretiker gab, schanzte dem Mittelschullehrer eine noch mächtigere Stellung zu. Er machte ihn zum ideologischen Beichtvater der Partei, und so war man denn im Politischen Sekretariat G's weitschweifigen Vorträgen wehrlos ausgesetzt, wenn auch einige darüber offen spotteten, wie etwa B, der einmal nach einer besonders langen Rede des Teeheiligen zur Außenpolitik meinte, der Chefideologe habe zwar dafür zu sorgen, daß die Beschlüsse des Sekretariats nach außenhin politisch stubenrein begründet würden, aber könne nicht verlangen, daß diese Begründung vom Sekretariat auch noch geglaubt werden müsse. Doch tat man gut, G nicht zu unterschätzen. Der Teeheilige war ein Machtmensch, der seine einmal errungene Position mit seinen Mitteln verteidigte, wie es jetzt A erfahren mußte, denn G verlangte als erster das Wort. Er dankte A für seine

Ausführungen zu Beginn der Sitzung, die den großen Staatsmann verrieten. Seine Analyse über den Stand der Revolution und den Zustand des Staates sei meisterhaft gewesen und seine Folgerung zwingend, in diesem Zeitpunkt der Entwicklung das Politische Sekretariat aufzulösen. Als Ideologe habe G nur eine Bemerkung zu machen. Wie A gezeigt habe, stehe man einem gewissen Konflikt gegenüber, der darin liege, daß sich zwar die Revolution dem Staate, in Wirklichkeit jedoch auch der Partei gegenüber in einem Widerstreit befände. Die Revolution und die Partei seien nicht dasselbe, wie manche glaubten. Die Revolution sei ein dynamischer Vorgang, die Partei ein mehr statisches Gebilde. Die Revolution ändere die Gesellschaft, die Partei installiere die veränderte Gesellschaft im Staat. Die Partei sei deshalb Träger der Revolution und zugleich Träger der Staatsmacht. Dieser innere Widerspruch verführe die Partei, sich mehr dem Staate als der Revolution zuzuneigen, und nötige die Revolution, die Partei immer wieder zu revolutionieren; die Revolution entfache sich geradezu an der menschlichen Unzulänglichkeit, die der Partei als einem statischen Gebilde innewohne. So komme es, daß die Revolution vor allem jene verschlingen müsse, die im Namen der Partei Feinde der Revolution geworden seien. Die Männer, die der Minister für die Schwerindustrie aufgezählt habe, seien ursprünglich echte Revolutionäre gewesen, sicher, keiner zweifle daran, doch durch ihren Irrtum, die Revolution für abgeschlossen zu halten, seien sie zu Feinden der Revolution geworden und hätten als solche vernichtet werden müssen. Das sei auch heute der Fall: indem das Politische Sekretariat alle Macht an sich gerissen habe, sei die Partei bedeutungslos geworden und könne nicht mehr der Träger der Revolution sein, aber auch das Politische Sekretariat sei nicht mehr imstande, diese Aufgabe zu erfüllen, denn es habe nur noch eine Beziehung zur Macht und keine Beziehung mehr zur Revolution. Das Politische Sekretariat sei von der Revolution abgekapselt. Die Erhaltung seiner Macht sei ihm wichtiger als die Veränderung der Welt, weil jede Macht dazu neige, den Staat, den sie beherrsche, und die Partei, die sie kontrolliere, zu stabilisieren. Der Kampf gegen das Politische Sekretariat sei deshalb für den Fortgang der Revolution unumgänglich. Diese Notwendigkeit müsse das Politische Sekretariat einsehen und seine Selbstauflösung beschließen. Ein echter Revolutionär liquidiere sich selbst, schloß er seine Rede. Auch liege gerade in der Furcht vor einer Säuberung, die einige Mitglieder des Politischen Sekretariats befallen habe, der Beweis, daß eine solche Liquidierung notwendig sei und daß sich das Politische Sekretariat überlebt habe.

G's Rede war perfid. Der Teeheilige sprach nach seiner Gewohnheit lehrerhaft, humorlos, trocken. N erkannte erst allmählich G's List, mit abstrakten Sätzen A's Absichten derart verschärft wiederzugeben, damit sich das Politische Sekretariat zur Wehr setzen mußte. Die Säuberung, die alle befürchteten, stellte der Teeheilige als einen notwendigen Prozeß dar, der schon begonnen hatte. Indem er den Untergang der alten Garde, all die Schauprozesse, Entwürdigungen und Hinrichtungen als politisch gerechtfertigt darstellte, rechtfertigte er auch die kommende Säuberung. Damit legte er jedoch die Entscheidung, ob es zu dieser Säuberung kommen sollte, in die Hände ihrer möglichen Opfer und beschwor für A eine wirkliche Gefahr herauf.

Ein Blick auf A genügte N: A erkannte die Falle, in die ihn G gelockt hatte. Doch bevor A einzuschreiten vermochte, ereignete sich ein Zwischenfall. Die Ministerin für Erziehung M, die neben dem Staatspräsidenten K saß, sprang auf, schrie, Marschall K sei ein Schwein. Auch N, dem Staatspräsidenten schräg gegenüber, spürte, daß seine Schuhe in einer Pfütze standen. Das Staatsoberhaupt, alt und krank, hatte Wasser gelassen. Der aufgedunsene Gin-gis-Khan wurde aggressiv, brüllte, was denn daran sei, nannte M eine prüde Ziege, brüllte, ob man ihn denn für so idiotisch halte, hinauszugehen, um zu pissen, er wolle nicht verhaftet werden, er würde diesen Raum nicht mehr verlassen, er sei ein alter Revolutionär, er habe für die Partei gekämpft und gesiegt, sein Sohn sei im Bürgerkrieg gefallen und sein Schwiegersohn und alle seine alten Freunde seien von A verraten und vernichtet worden, obgleich sie, wie er, ehrliche und überzeugte Revolutionäre gewesen seien, und daher lasse er sein Wasser wann und wo er wolle.

Die ungestüme Reaktion A's, die nun auf diesen peinlichen und grotesken Vorfall folgte, überraschte N weniger durch die Leidenschaft, womit der Staatschef eingriff, sondern mehr, weil er A's Angriff als geradezu kopflos empfand; so, als ob es A gar nicht darum ginge, jemand Bestimmten anzugreifen, sondern, überhaupt anzugreifen, den Nächstbesten anzugreifen. Seine wütenden Angriffe richteten sich nämlich unverständlicherweise nicht gegen F, G oder K, sondern gegen C, dem er doch das meiste verdankte, wie hätte A ohne den Chef des Geheimdienstes regieren können. Dennoch warf er ihm nun auf einmal vor, C hätte ohne Wissen A's O verhaftet, und befahl ihm, den Atomminister zu rehabilitieren, wenn das noch möglich sei. Wahrscheinlich sei er nach den Methoden C's ohnehin längst erschossen. A ging noch weiter. Er forderte den Chef der Geheimpolizei auf, zurückzutreten. Eine Untersuchung gegen ihn, seiner abwegigen Veranlagung wegen, sei schon längst fällig. »Ich verhafte dich auf der Stelle«, tobte A und schrie durch die Sprechanlage nach dem Oberst. Totenstille. C blieb ruhig. Alles wartete. Minuten verstrichen. Der Oberst erschien nicht. »Warum kommt der Oberst nicht?« herrschte A C an. »Weil wir ihn angewiesen haben, unter keinen Umständen wieder zu erscheinen«, antwortete der Chef der Geheimpolizei ruhig und riß das Kabel der Sprechanlage aus der Wand. »Verdammt«, entgegnete A ebenso ruhig. »Du hast dich selbst schachmatt gesetzt, A«, meinte der Außenminister B, indem er die Ärmel der gut zugeschnittenen Jacke hinunterzog, »die Anordnung, den Oberst nicht mehr kommen zu lassen, stammt von dir.« – »Verdammt«, murmelte A noch einmal, dann klopfte er seine Pfeife wieder einmal aus, obgleich sie noch brannte, holte eine neue aus der Tasche, eine gebogene Dunhill, stopfte sie und setzte sie in Brand. »Verzeih, C«, sagte er. »Bitte, bitte«, lächelte die Staatstante, und N wußte, daß A verloren war. Es war, als ob ein Tiger, gewohnt, im Dschungel zu kämpfen, sich plötzlich in der Steppe von einer wütenden Büffelherde umringt sah. A hatte keine Waffen mehr. Er war hilflos. Zum ersten Male war er für N kein Geheimnis, kein Genie und kein Übermensch mehr, sondern ein

Machthaber, der nichts als das Produkt seiner politischen Umgebung war. Dieses Machtprodukt verbarg sich hinter dem Bilde des väterlichen und bäuerischen Kolosses, das in jedem Schaufenster ausgestellt war, in jeder Amtsstube hing und in jeder Wochen- und Tagesschau auftauchte, Paraden abnahm, Waisenhäuser und Altersheime besichtigte, Fabriken und Staudämme einweihte, Staatsmänner umarmte und Orden austeilte. Er war für das Volk ein patriotisches Symbol, ein Sinnbild für die Unabhängigkeit und die Größe des Vaterlandes. Er repräsentierte die Allmacht der Partei, er war der weise und gestrenge Landesvater, dessen Schriften (die er nie geschrieben hatte) von allen gelesen und auswendig gelernt wurden, auf den jede Rede, die gehalten, und jeder Artikel, der verfaßt wurde, Bezug nahm; aber in Wirklichkeit war er unbekannt. Man legte alle Tugenden in A hinein und machte ihn dadurch unpersönlich. Indem man ihn in ein Idol verwandelte, verschaffte man ihm einen Freipaß, der ihm alles erlaubte, und er erlaubte sich alles. Doch die Verhältnisse hatten sich geändert. Die Männer, die den Umsturz herbeigeführt hatten, waren Individualisten gewesen, gerade weil sie den Individualismus bekämpften. Die Empörung, die sie trieb, und die Hoffnung, die sie begeisterte, waren echt und setzten revolutionäre Individualitäten voraus; Revolutionäre sind keine Funktionäre, sie versuchen, solche zu sein, und scheitern daran. Sie waren entlaufene Priester, versoffene Wirtschaftstheoretiker, fanatische Vegetarier, relegierte Studenten, untergetauchte Rechtsanwälte, entlassene Journalisten, sie lebten in Schlupfwinkeln, wurden verfolgt und in Gefängnisse geworfen, führten Streiks, Sabotagen und Morde durch, verfaßten Flugschriften und geheime Broschüren, schlossen taktische Bündnisse mit ihren Gegnern und brachen sie wieder, doch, kaum hatten sie gesiegt, schuf die Revolution mit der neuen Gesellschaftsordnung auch den neuen Staat, dessen Macht ungleich gewaltiger war, als jene der alten Ordnung und des alten Staates. Ihr Aufstand wurde von der neuen Bürokratie verschluckt, die Revolution mündete in ein organisatorisches Problem ein, woran die Revolutionäre scheitern mußten, weil sie Revolutionäre waren. Den Männern, die jetzt gebraucht wurden, standen sie hilflos gegenüber. Den Technokraten waren sie nicht gewachsen: Ihr Versagen war jedoch auch die Chance A's. In dem Maße, wie der Staat von der Verwaltung überwuchert wurde, mußte die Revolution als Fiktion erhalten werden; für einen Verwaltungsapparat vermag sich kein Volk zu begeistern, um so weniger, als auch die Partei der Bürokratie zum Opfer gefallen war. In A erhielt die unpersönliche Maschinerie der Macht ein Gesicht, doch begnügte sich der große Boss nicht damit zu repräsentieren, er begann im Namen der Revolution die Revolutionäre zu vernichten. So kamen denn von der alten Garde alle unter die Räder – der Staatspräsident K und L ausgenommen –, aber nicht nur die Helden der Revolution, auch jene, die nach ihnen zur Macht aufgestiegen und ins Politische Sekretariat aufgerückt waren, wurden nach einiger Zeit liquidiert, sogar die Chefs der Geheimpolizei wechselten, die A für diese Säuberungen brauchte, auch sie entgingen nicht dem Henker. Gerade darum war A populär. Dem Volk ging es trist, oft fehlte das Nötigste, die Kleider, die Schuhe waren von erbärmlicher Qualität, die alten Wohnungen zerfielen, die Neubauten ebenfalls. Vor den Lebensmittelläden standen

Schlangen. Der Alltag war grau. Demgegenüber genossen die Funktionäre der Partei Privilegien, über die phantastische Berichte umliefen. Sie besaßen Villen, Wagen, Chauffeure, kauften in Läden, die nur für sie bestimmt waren und worin jeder Luxusartikel zu erstehen war. Nur eines fehlte, die Sicherheit. Mächtig sein war gefährlich. Blieb das Volk im allgemeinen unbehelligt, da es, apathisch in seiner Misere und in seiner Machtlosigkeit, nichts zu verlieren hatte, weil es nichts besaß, lebten die Privilegierten in der Furcht, alles zu verlieren, weil sie alles besaßen. Das Volk sah die Mächtigen durch A's Gnade aufsteigen und durch A's Zorn fallen. Es nahm als Zuschauer teil am blutigen Schauspiel, das ihm die Politik bot. Nie erfolgte der Sturz eines Mächtigen ohne öffentliches Gericht, ohne ein erhabenes Schauspiel, ohne daß sich die Gerechtigkeit mit Pomp in Szene setzte, ohne ein feierliches Sichschuldigbekennen der Angeklagten. Es waren für die Massen Verbrecher, die hingerichtet wurden, Saboteure, Verräter; die Armut des Volkes war ihr Fehler und nicht jener des Systems, und ihr Untergang erweckte eine neue Hoffnung auf eine immer wieder versprochene bessere Zukunft, erweckte den Anschein, als ob die Revolution weiterginge, weise gelenkt vom großen, gütigen, genialen und doch immer wieder hintergangenen Staatsmanne A.

Zum ersten Male wurde auch N die politische Maschinerie durchschaubar, an deren Hebeln A saß und die von ihm bestimmt wurde. Die Maschinerie war nur scheinbar kompliziert, in Wirklichkeit denkbar einfach. Seine Gewaltherrschaft vermochte A nur aufrechtzuerhalten, wenn sich die Mitglieder des Politischen Sekretariats bekämpften. Dieser Kampf war für A die Voraussetzung seiner Macht. Bloß die Furcht trieb einen jeden dazu, sich die Gunst A's zu erhalten, indem er andere denunzierte. So standen Gruppierungen, wie die um D, welche an der Macht bleiben wollten, immer Formationen gegenüber, wie denen um G, welche die Revolution vorwärtszutreiben trachteten, wobei A's ideologische Haltung so undurchsichtig war, daß beide Parteien glaubten, in seinem Namen zu handeln. A's Taktik war brutal, doch gerade dadurch mit der Zeit nachlässig geworden. Er spielte den Revolutionär bloß, wenn es ihm vorteilhaft schien, ihn interessierte nur seine Macht, er herrschte, indem er alle gegeneinander ausspielte, aber er hielt sich selbst für gesichert. Er vergaß, daß er es im Politischen Sekretariat nicht mehr mit überzeugten Revolutionären zu tun hatte, die sich oft in den Schauprozessen bloß schuldig erklärten, um lieber ihr Leben als ihren Glauben an den Sinn der Revolution zu verlieren. Er vergaß, daß er sich mit Machtmenschen umgeben hatte, denen die Ideologie der Partei nur noch ein Mittel war, Karriere zu machen. Er vergaß, daß er sich isoliert hatte, denn die Furcht entzweit nicht nur. Die Furcht schweißt auch zusammen, ein Gesetz, das A nun zum Verhängnis wurde. Er war plötzlich hilflos wie ein Amateur geworden, der lauter Professionellen der Macht gegenüberstand. Indem er das Politische Sekretariat aufzuheben versuchte, um noch mächtiger zu werden, bedrohte er alle, indem er den Sicherheitsminister angriff und ihm vorwarf, O verhaftet zu haben, schuf er sich wieder einen neuen Feind. A hatte den Instinkt verloren, womit er geherrscht hatte, die Maschinerie seiner Machtausübung wandte sich nun gegen ihn. Auch rächte sich nun seine

Maßlosigkeit und damit Vorfälle, die sich erst jetzt rächen konnten, weil erst jetzt die Stunde der Rache gekommen war. A war launisch. Er setzte seine Macht sinnlos ein, er erteilte Befehle, die beleidigen mußten, seine Wünsche waren grotesk und barbarisch, sie stammten von seiner Menschenverachtung, aber auch von seinem wilden Humor, er liebte bösartige Späße, doch niemand goutierte sie, alle fürchteten sich vor ihnen und sahen in diesen Späßen nichts als heimtückische Fallen. N dachte unwillkürlich an einen Zwischenfall, der D beleidigt haben mußte, den mächtigen Parteisekretär. N hatte sich immer vorgestellt, daß D einmal zurückschlagen würde. D vergaß keine Erniedrigung und konnte warten. Die Gelegenheit zur Rache mußte jetzt gekommen sein. Die Affäre war skurril und gespenstisch. Die Wildsau erhielt damals von A den verblüffenden Auftrag, eine Damenkapelle aufzutreiben, die vor A nackt Schuberts Oktett spielen sollte. D mußte sich wutschnaubend über den idiotischen Befehl und zu feige, ihn abzulehnen, an die Ministerin für Erziehung und Kultur wenden, die Parteimuse wandte sich ebenso empört und feige wie D an die Konservatorien und Musikhochschulen; die Mädchen mußten ja nicht nur musikalisch ausgebildet, sondern auch gut gewachsen sein. Es ereigneten sich Zusammenbrüche und Katastrophen, Schreikrämpfe, Tobsuchtsanfälle. Eine der begabtesten Cellistinnen beging Selbstmord, wieder andere rissen sich darum, aber waren zu häßlich; endlich hatte man das Orchester beisammen, nur eine Fagottistin war nicht aufzutreiben. Die Wildsau und die Parteimuse zogen die Staatstante zu Rate. C ließ kurzerhand eine bildschöne Dirne mit stattlichem Hintern aus einem Korrektionshause ins

Staatliche Konservatorium schleppen, das Prachtstück war musikalisch völlig unbegabt, aber in einem unmenschlichen Dressurakt wurde ihm das zum Oktett benötigte Fagottspiel beigebracht, auch die übrigen Mädchen übten auf Tod und Leben. Endlich saßen sie nackt im eiskalten Saal der Philharmonie, die Instrumente an ihre Leiber gepreßt. In der ersten Parkettreihe saßen in Pelzmänteln und mit steinernen Gesichtern D und M und warteten auf A, doch der kam nicht. Statt dessen füllte sich der Barockraum mit Hunderten von Taubstummen, welche die verzweifelt geigenden und blasenden nackten Mädchen verständnislos und gierig anglotzten. A darauf lachte bei der nächsten Sitzung des Politischen Sekretariats unbändig über das Konzert und nannte D und M Narren, weil sie einem solchen Befehl nachgekommen seien.

D's Stunde war gekommen. A's Sturz vollzog sich nüchtern, sachlich, mühelos, gleichsam bürokratisch. Die Wildsau befahl, die Türen zu verschließen. Das Denkmal erhob sich schwerfällig, verschloß zuerst die Türe hinter dem Schuhputzer und dem Jüngeren der Gin-gis-Khane und dann die hinter dem Teeheiligen und der Ballerina. Darauf warf er die Schlüssel zwischen die Wildsau und Lord Evergreen auf den Tisch. Das Denkmal setzte sich wieder. Einige Mitglieder des Politischen Sekretariats, die aufgesprungen waren – als wollten sie das Denkmal hindern, ohne es jedoch zu wagen –, setzten sich auch wieder. Alle saßen, die Aktentaschen vor sich auf dem Tisch. A schaute von einem zum andern, lehnte sich zurück, zog an seiner Pfeife. Er hatte das Spiel aufgegeben. Die Sitzung gehe weiter, sagte die Wildsau, es wäre interessant, zu erfahren, wer nun O eigentlich habe verhaften lassen. Die Staatstante entgegnete, es könne sich nur um A handeln, auf der Liste sei O nicht angeführt, und er als Chef der Geheimpolizei sähe überhaupt keinen Grund, O, der doch nur ein zerstreuter Wissenschaftler sei, zu verhaften. O sei ein Fachminister und unersetzlich, ein moderner Staat brauche die Wissenschaftler mehr als die Ideologen. Das müsse sogar der Teeheilige langsam kapieren. Nur A kapiere es anscheinend nie. Der Teeheilige verzog keine Miene. »Die Liste!« verlangte er sachlich, »sie wird uns Klarheit bringen.« Die Staatstante öffnete seine Aktentasche. Er reichte ein Papier zuerst Lord Evergreen, der es nach kurzem Überlesen dem Teeheiligen zuschob. Der Teeheilige erbleichte. »Ich bin auf der Liste«, murmelte er leise, »ich bin auf der Liste. Dabei bin ich doch immer ein linientreuer Revolutionär gewesen. Ich bin auf der Liste«, und dann schrie der Teeheilige plötzlich auf: »Ich war der Linientreuste von euch allen, und nun soll ich liquidiert werden. Wie ein Verräter!« Die Linie sei eben krumm geworden, entgegnete D trocken. Der Teeheilige gab die Liste der Ballerina, der, da sein Name offensichtlich nicht draufstand, sie sofort an das Denkmal weiterleitete. Das Denkmal starrte auf sie, las sie immer wieder, um endlich aufzuheulen: »Ich bin nicht darauf, ich bin nicht darauf. Nicht einmal liquidieren will mich das Schwein, mich, den alten Revolutionär!« N überflog die Liste. Sein Name stand nicht darauf. Er gab sie an den Chef der Jugendgruppen weiter. Der blasse Parteimensch stand verstört auf, als befände er sich in einem Examen, reinigte seine Brille. »Ich bin zum Generalstaatsanwalt ernannt worden«, stotterte er. Alle brachen in ein Gelächter aus. »Setz dich, Kleiner«, meinte die Wildsau gutmütig, und der Schuhputzer fügte bei, sie würden den braven Tugendbold der Jugendgruppen nicht auffressen. P setzte sich wieder und reichte das Papier, wobei seine Hand schlotterte, über den Tisch zur Parteimuse hinüber. »Ich stehe darauf«, sagte sie und schob die Liste dem älteren Gin-gis-Khan zu, der aber vor sich hindöste, so daß sie der jüngere zu sich nahm. »Marschall K steht nicht darauf«, sagte er, »aber ich stehe darauf« und gab das Papier dem Schuhputzer. »Ich auch«, sagte dieser, und dasselbe sagte die Wildsau. Als letzter erhielt der Eunuch die Liste. »Nicht darauf«, sagte der Außenminister und schob die Liste wieder der Staatstante zu. Der Chef der Geheimpolizei faltete das Papier sorgfältig zusammen und verschloß es in seiner Aktentasche. O sei tatsächlich nicht auf der Liste, bestätigte Lord Evergreen. Warum er dann von A verhaftet worden sei, wunderte sich die Ballerina und blickte mißtrauisch zur Staatstante. Der entgegnete, er habe keine Ahnung; daß der Atomminister erkrankt sei, habe er bloß angenommen, doch A pflege nach eigenem Gutdünken vorzugehen. »Ich ließ O nicht verhaften«, sagte A. »Erzähl keine Märchen«, schnauzte ihn der jüngere Gin-gis-Khan an, »sonst wäre er hier.« Alle schwiegen, A zog ruhig an seiner Dunhill. »Wir können nicht mehr zurück«, meinte die Parteimuse trocken, die Liste sei eine Tatsache. Sie sei nur für den Notfall aufgestellt worden, erklärte A, ohne sich zu verteidigen. Er rauchte gemütlich, als gehe es nicht um sein Leben, und fügte bei, die Liste sei aufgestellt worden für den Fall, daß sich das Politische Sekretariat seiner Selbstauflösung widersetze. »Der Fall ist eingetreten«, entgegnete der Teeheilige trocken, »es widersetzt sich.« Der Eunuch lachte. Der Schuhputzer kam wieder mit einem Bauernspruch, der Blitz schlage auch beim reichsten Bauern ein. Die Wildsau fragte, ob sich jemand freiwillig melde. Alle schauten zum Denkmal. Das Denkmal erhob sich. »Ihr erwartet, daß ich den Kerl umbringe«, sagte er. »Du brauchst ihn nur ans Fenster zu knüpfen«, antwortete die Wildsau. »Ich bin kein Henker wie ihr«, antwortete das Denkmal, »ich bin ein ehrlicher Schmied und erledige das auf meine Weise.« Das Denkmal nahm seinen Sessel und stellte ihn zwischen das freie Tischende und das Fenster. »Komm, A!« befahl das Denkmal ruhig. A erhob sich. Er wirkte, wie immer, gelassen und sicher. Während er gegen das untere Tischende zuging, wurde er vom Teeheiligen behindert, der seinen Sessel gegen die hinter ihm befindliche Türe gelehnt hatte. »Pardon!« sagte A, »ich glaube, ich muß hier durch.« Der Teeheilige rückte zum Tisch, ließ A passieren, der nun zum Denkmal gelangte. »Setz dich«, sagte das Denkmal. A gehorchte. »Gib mir deinen Gürtel, Staatspräsident«, befahl das Denkmal. Gin-gis-Khan der Ältere kam dem Befehl mechanisch nach, ohne zu begreifen, was das Denkmal im Sinne hatte. Die andern starrten schweigend vor sich hin, schauten nicht einmal zu. N dachte an den letzten Staatsakt, bei welchem sich das Politische Sekretariat der Öffentlichkeit gezeigt hatte. Im tiefen Winter. Sie beerdigten den ›Unbestechlichen‹, einen der letzten großen Revolutionäre. Der Unbestechliche nahm nach dem Sturz des Denkmals das Amt des Parteichefs ein. Dann fiel er in Ungnade. Die Wildsau verdrängte ihn. Doch machte A dem Unbestechlichen nicht den Prozeß wie den anderen. Sein Sturz war grausamer. A ließ ihn für geisteskrank erklären und in eine Irrenanstalt einliefern, wo ihn die Ärzte während Jahren dahindämmern ließen, bevor er sterben durfte. Um so feierlicher fiel denn auch das Staatsbegräbnis aus. Das Politische Sekretariat, ausgenommen die Parteimuse, trug den Sarg, bedeckt mit der Parteifahne, auf den Schultern durch den Staatsfriedhof an schneebedeckten, kitschigen Marmorstatuen und Grabsteinen vorbei. Die zwölf mächtigsten Männer der Partei und des Staates stapften durch den Schnee. Sogar der Teeheilige war in Stiefeln. Vorne hatte A neben dem Eunuchen die Bahre geschultert und hinten, nach all den andern, N neben dem Denkmal. Der Schnee fiel in großen Flocken aus einem weißen Himmel. Zwischen den Gräbern und um das ausgehobene Grab scharten sich dicht gedrängt die Funktionäre in langen Mänteln und warmen Pelzmützen. Als man den Sarg zu den Klängen einer durchfrorenen Militärkapelle, welche die Parteihymne spielte, ins Grab hinunterließ, flüsterte das Denkmal: »Teufel, ich werde der nächste sein.« Nun war er nicht der nächste. A war der nächste. N schaute auf. Das Denkmal schlang den Gürtel Gin-gis-Khan des Älteren um A's Hals. »Bereit?« fragte das Denkmal. »Nur noch drei Züge«, antwortete A, paffte dreimal ruhig vor sich hin, dann legte er die gebogene Dunhill vor sich auf den Tisch. »Bereit«, sagte er. Das Denkmal zog den Gürtel zu. A gab keinen Laut von sich, sein Leib bäumte sich zwar auf, auch ruderten einige Male seine Arme unbestimmt herum, doch schon saß er unbeweglich, den Kopf vom Denkmal nach hinten gezogen, den Mund weit geöffnet: das Denkmal hatte den Gürtel mit ungeheurer Kraft zusammengezogen. A's Augen wurden starr. Der ältere Gin-gis-Khan ließ aufs neue Wasser, niemanden störte es. »Nieder mit den Feinden im Schoße der Partei, es lebe unser großer Staatsmann A!« rief Marschall H. Das Denkmal lockerte seinen Griff erst nach fünf Minuten, legte den Gürtel Gin-gis-Khan des Älteren zur Dunhill-Pfeife auf den Tisch, ging zu seinem Platz zurück und setzte sich. A saß tot im Sessel vor dem Fenster, das Antlitz zur Decke gekehrt, mit hängenden Armen. Die andern starrten ihn schweigend an. Lord Evergreen zündete sich eine amerikanische Zigarette an, dann eine zweite, dann eine dritte. Sie warteten alle etwa eine Viertelstunde.

Jemand versuchte von außen die Türe zwischen F und H zu öffnen. D erhob sich, ging zu A, betrachtete ihn genau und betastete sein Gesicht. »Der ist tot«, sagte D, »E, gib mir den Schlüssel.« Der Außenhandelsminister gehorchte schweigend, dann öffnete D die Türe. Auf der Schwelle stand der Atomminister O und entschuldigte sich für seine Verspätung. Er habe sich im Datum geirrt. Dann wollte er auf seinen Platz, ließ in der Eile seine Aktentasche fallen, und erst als er sie aufhob, bemerkte O den erdrosselten A, und erstarrte. »Ich bin der neue Vorsitzende«, sagte D und rief durch die offene Türe den Oberst herein. Der Oberst salutierte, verzog keine Miene. D befahl ihm, A wegzuschaffen. Der Oberst kam mit zwei Soldaten zurück, und der Sessel war wieder leer. D schloß die Türe ab. Alle hatten sich erhoben. »Die Sitzung des Politischen Sekretariats geht weiter«, sagte D, »bestimmen wir die neue Sitzordnung.« Er setzte sich auf den Platz A's. Neben ihn setzten sich B und C. Neben B F und neben C E. Neben F setzte sich M. Dann schaute D N an und machte eine einladende Geste. Fröstelnd setzte sich N neben E: er war der siebentmächtigste Mann im Staate geworden. Draußen begann es zu schneien.

D

B C

F E

M N

H G

K I

O L

P

Abu Chanifa und Anan ben David

1975
Bearbeitete Fassung 1978

Nicht immer kommen die Theologen besser davon. Auch ihre Lehren enthalten Sprengstoff. Auch hier weisen das Judentum und der Islam eine Gemeinsamkeit auf, die im Wesen der Theologie zu liegen scheint. Als Religionen, die auf einer ›offenbarten‹ Schrift gründen, begnügen sich beide nicht mit ihren Offenbarungen. Wie die Juden mit dem Talmud die Bibel erweitern, den Pentateuch dialektisch kommentierend, ergänzen die Muslime den Koran mit der mündlichen Überlieferung von Taten und Worten des Propheten, Sunna und Hadith: Als der Abbaside al-Mansur um 760 den Gottesgelehrten Abu Chanifa verhaften läßt, als offizieller Nachfolger des Propheten mit dem großen Korankenner theologisch in einen leidigen Streit geraten, befiehlt er, verärgert über die Theologen, bevor er sich von den täglichen Staatsgeschäften eher widerwillig, doch pflichtbewußt in den Harem zurückzieht, einen Rabbi namens Anan ben David ebenfalls einzukerkern. Niemand wagt al-Mansur zu fragen warum, vielleicht weiß er es selbst nicht. Wahrscheinlich handelt er bloß aus einem dumpfen Gefühl einer gewissen boshaften Gerechtigkeit, die den Kalifen als Herrscher über Gläubige und Ungläubige auszeichnet. Doch ist es auch möglich, daß er sich halb erinnert, eine Bittschrift flüchtig gelesen zu haben, ohne daß freilich al-Mansur noch weiß, von wem diese Bittschrift stammt, ob von einem Büro seiner Verwaltung, das sich mit jüdischen Angelegenheiten beschäftigt, oder gar von mehreren, ja es kommt ihm plötzlich vor, als habe er nur von ihr geträumt, von einem halb leserlichen Schreiben, worin die Verhaftung Anans gefordert wurde, weil dessen Anhänger den Rabbi, der aus dem sektenreichen Inneren Persiens aufgetaucht war, widerrechtlich zum Exarchen über die babylonische Gemeinde ausgerufen hatten. Al-Mansur läßt Anan ben David in das schmutzige Verlies werfen, wo schon Abu Chanifa haust. Der hünenhafte Wärter, der Anan ben David hinführt, öffnet eine kleine eiserne Türe, mit zwei eichenen Querbalken verrammelt, die ihm kaum zur Hüfte reicht, zwingt den Rabbi nieder und befördert ihn mit einem gewaltigen Fußstoß in die Zelle. Lange liegt der Rabbi bewußtlos auf dem steinernen Boden. Wie er zu sich kommt, erkennt er allmählich das Verlies, worin er sich befindet. Es ist quadratisch, eng und hoch. Die einzige Lichtquelle bildet ein kleines vergittertes Fenster, unerreichbar über ihm, irgendwo in der rohen Mauer. In einer Ecke kauert eine Gestalt. Anan ben David kriecht zu ihr, erkennt Abu Chanifa, kriecht zurück, kauert sich in die Ecke nieder, die jener des Muslim diagonal gegenüberliegt. Die beiden Theologen schweigen, jeder glaubt vom anderen, dieser sei im Unrecht, wenn auch nicht al-Mansur gegenüber, der sie beide schändlich behandelt hat, aber in Hinsicht auf die ewige Wahrheit. Ein uralter Wärter, der sich, um in Ruhe gelassen zu werden, als Sabier ausgibt, aber in Wirklichkeit einen verrosteten einäugigen Götzen anbetet und Muslime, Juden und Christen als gottlose Esel verachtet, setzt ihnen täglich wortlos eine Schüssel mit Speise vor und einen Krug mit Wein. Die Speise ist köstlich zubereitet, auf Befehl al-Mansurs, dessen Grausamkeit nie gemein, doch stets exquisit ist: Die Beleidigung besteht für beide darin, daß der Jude und der Muslim aus der gleichen Schüssel essen müssen; der Wein beleidigt allein Abu Chanifa. Eine Woche essen die Theologen nicht. Standhaft bis zum Exzeß will jeder der Frömmste sein und seinen Gegner durch Ergebenheit in den Willen Gottes beschämen. Bloß den Wein kosten sie gemeinsam, sich hin und wieder die Lippen netzend, der Muslim, um nicht zu verdursten – was Allah gegenüber ja auch eine Sünde gewesen wäre –, Anan ben David, dem Wein erlaubt ist, um Abu Chanifa gegenüber nicht unmenschlich zu erscheinen, dessen Durst er verdoppeln würde, tränke er in vollen Zügen. Ratten fallen über die Schüssel her, Ratten gibt es überall. Zuerst wagen sie sich zögernd hervor, dann täglich frecher. Nach einer Woche findet Abu Chanifa die Demut des Juden empörend, es kann sich unmöglich um eine echte Demut handeln wie bei ihm, dem Muslim; der Jude muß aus gotteslästerlichem Trotz handeln oder aus teuflischer Heimtücke, in der Absicht, den Diener des Propheten, den profunden Kenner des Korans, der Sunna des Hadith durch gespielte Demut zu demütigen: Abu Chanifa ißt die Schüssel leer, blitzschnell, bevor noch die Ratten wie bisher über sie herzufallen vermögen, so flink die Bestien auch sind. Nur einen kleinen Rest läßt der Gottesgelehrte zurück, den Anan ben David aufleckt, bescheiden, mit niedergeschlagenen Augen, wenn auch nicht gänzlich ohne Hast, der Hunger ist allzu rasend, aber er denkt an den Talmud, der das Martyrium verwirft, und die enttäuschten Ratten bedrängen nun ihn, ja schnappen nach ihm. Schlagartig, wie eine Erleuchtung, wird es Abu Chanifa bewußt, daß die Demut des Juden echt ist.

Dadurch beschämt, zerschmettert, vor Allah zerknirscht, ißt nun Abu Chanifa am anderen Tag nichts, aber Anan ben David, der seinerseits Abu Chanifa nicht demütigen will, weil dieser doch am Vortage gegessen hat, und von dessen Frömmigkeit er überzeugt worden ist, dazu noch von der Demut des Muslim ihm und Jehova gegenüber gedemütigt, ißt, schlingt, so eilig hat er es, frißt die Schüssel leer, all die köstlich zubereiteten Speisen, noch hastiger als Abu Chanifa am Vortage, weil die Ratten noch gieriger geworden sind, noch unverschämter, noch ungestümer, doch auch er leert sie nur beinahe, wie der Muslim vorher, so daß nun Abu Chanifa, glücklich darüber, sich endlich vor dem Rabbi auf dieselbe Weise demütigen zu dürfen, den Rest auflecken kann, auch er nun wieder von Ratten beklettert, ja überhäuft, überschwemmt, kaum ist es noch auszumachen, was Abu Chanifa, was Ratten sind, worauf sich die Biester mit der Zeit schwer enttäuscht und gekränkt zurückziehen. Beide, der Muslim und der Jude, kauern sich von da an zufrieden in gleicher Frömmigkeit gegenüber, beide gleich gedemütigt, beide gleich demütig, beide gleicherweise erschöpft durch den frommen Zweikampf. Sie haben einander überzeugt, nicht durch den Glauben, der bei beiden verschieden bleibt, unversöhnlich, doch durch ihre ebenbürtige Frömmigkeit, durch dieselbe mächtige Kraft, womit sie ihren unterschiedlichen Glauben glauben. So beginnt ein theologisches Gespräch, durch den Mondschein begünstigt, der schräg und grell durch die vergitterte Fensterlücke fällt. Die beiden sprechen miteinander, zögernd, vorsichtig zuerst, von langen Pausen tiefster Versunkenheit unterbrochen, bald fragt Abu Chanifa, und Anan ben David antwortet, bald fragt der

Rabbi, und der Muslim antwortet. Der Morgen graut, irgendwo wird schon gefoltert. Das Schreien und Stöhnen macht das Gespräch der beiden unmöglich, Rabbi Anan und Abu Chanifa beten so laut und mächtig, jeder in seiner Sprache, daß die Folterknechte erschrocken von ihren Opfern lassen. Der Tag kommt, die Sonne flammt in die Zelle, scharf gestochen, ein Lichtstrahl, der freilich nicht den Boden des Kerkers erreicht, einen Augenblick nur glänzt in ihm Abu Chanifas weißes Haar auf. Ein Tag folgt dem anderen, eine Nacht der anderen, sie essen gemeinsam nur das Notwendige, nur wenig von der Speise, die immer schlechter wird, weil der Befehl des Kalifen allmählich vergessen wird. Statt Wein ist längst Wasser im Krug. Den Rest des undefinierbaren Breis, den der wortlose Wärter ihnen schließlich hinschmeißt, überlassen sie den Ratten, die ihre Freunde werden, sie freundlich umpfeifen, die Nasen an ihnen reiben. Die beiden streicheln sie gedankenverloren, so sehr sind sie in ihr mächtiges Gespräch vertieft. Der Muslim und der Jude loben denselben majestätischen Gott und finden es über alle Maßen wundersam, daß er sich gleich in zwei Büchern offenbart hat, in der Bibel und im Koran, in der Bibel dunkler, unvorausberechenbar in seiner Gnade und in seinem Zorn, in seiner unbegreiflichen Ungerechtigkeit, die sich immer als Gerechtigkeit herausstellt, im Koran dichterischer, hymnischer, auch etwas praktischer in seinen Geboten. Doch indem die beiden Theologen Gott preisen, bedauern sie allmählich den menschlichen Aberwitz, die göttlichen Originalschriften zu ergänzen: Anan ben David verflucht den Talmud, Abu Chanifa Sunna und Hadith. Jahre vergehen. Der Kalif hat die beiden Theologen längst vergessen. Die Meldung seines

Geheimdienstes, der Glaube breite sich aus, daß allein der Koran Geltung habe, nimmt er kaum zur Kenntnis, vielleicht kann man diesen neuen Glauben einmal politisch verwerten, so oder so, und wie der jüdische Minister für jüdische Angelegenheiten berichten will, der Zweifel an der Gültigkeit des Talmud verbreite sich unter den Juden in Babylonien immer mehr, unterbricht er den Vortrag, so sehr gähnt al-Mansur. Mit steigendem Alter macht diesem – mehr noch als sein Riesenreich – der Harem zu schaffen, die Eunuchen reißen schon Witze, außerdem ist dem Großwesir nicht recht zu trauen; und weil der Großwesir spürt, daß ihm der Kalif nicht mehr traut, vergißt er die beiden Gefangenen ebenfalls, mit gutem Gewissen, ist es doch Aufgabe der Verwaltung, sich um Anan ben David und Abu Chanifa zu kümmern. Aber die Verwaltung ist überlastet, das Gefängnis längst zu klein bei den politischen Wirren, die einsetzen: Sklavenaufstände, Rebellionen von mazdakischen Kommunisten, ein Harem nach dem anderen läuft zu ihnen über, da sie auch die Frauen gemeinsam haben. Neue Gefängnisse werden gebaut, zuerst neben dem alten, seine Außenmauern als Stützmauern zu weiteren Kerkern benutzend, eine ganze Gefängnisstadt entsteht, über die sich mit der Zeit eine zweite und eine dritte Gefängnisstadt erhebt, planlos, doch solid, Quader auf Quader getürmt. Al-Mansur ist längst gestorben und auch dessen Nachfolger al-Mahdi und dessen Nachfolger al-Hadi ibn al-Mahdi, den seine Mutter ermorden ließ, um ihrem Lieblingssohn Harun al-Raschid ibn al-Mahdi zur Macht zu verhelfen; dann stirbt der und dessen Nachfolger und so weiter, alle sinken sie dahin. Das Gefängnis, in welchem sich Abu Chanifa und Anan ben David gegenüberkauern, tief unter all den Gefängnissen, die daneben und darüber gebaut worden sind und wiederum darüber und daneben gebaut werden, weil der Aufstand der Negersklaven den Kalifen al-Mutamid ibn al-Mutawakkil zu neuen riesigen Gefängnissen zwingt, dieses wenige Quadratmeter messende Verlies im ursprünglichen Gefängnis ist längst verschollen und mit ihm Abu Chanifa und Anan ben David, ohne daß sich die beiden dessen bewußt sind, sitzen sie sich doch immer noch im Dunkeln gegenüber, im beinahe Dunkeln, denn tagsüber dringt von irgendwo oben, gebrochen durch unzählige Schächte, die kreuz und quer laufen, wie es sich bei der endlosen Bauerei ergab, ein schwacher Lichtschimmer zu ihnen herunter, gerade genügend, daß sie, neigen sie sich einander entgegen, ihre Gesichtszüge erkennen können. Aber sie kümmern sich nicht darum, ihr Gegenstand, mit dem sie sich beschäftigen, ist unerschöpflich, ja er scheint immer unerschöpflicher zu werden, je tiefer sich die beiden in ihn versenken. Ihr Gegenstand ist Gott in seiner Erhabenheit, demgegenüber alles unbedeutend ist: das jämmerliche Essen, die feuchten Pelze der Ratten, die längst den Koran und die Thora aufgefressen haben, die beiden einzigen Bücher, die ihnen al-Mansur hatte als Gefängnislektüre gestatten müssen; daß sie diese heiligen Schätze nicht mehr besitzen, ist von ihnen nicht einmal mehr bemerkt worden: Abu Chanifa und Anan ben David strichen zärtlich über die Pelze der Bestien, als diese ihr Zerstörungswerk begannen. Abu Chanifa ist längst gleichsam der Koran und Anan ben David die Thora geworden; spricht der Jude eine Stelle aus der Thora, spricht der Araber eine Sure aus dem Koran, die zur Stelle aus der Thora paßt. Auf eine geheimnisvolle

Weise scheinen sich die beiden Bücher zu ergänzen; auch wenn ihrem Wortlaut nach keine Übereinstimmung vorliegt, sie stimmen doch überein. Der Friede der beiden Gefangenen ist vollkommen, doch rechnen sie in ihrer Versunkenheit in die göttlichen Offenbarungen, die sich scheinbar widersprechen und doch ergänzen, mit einem nicht, mit dem Nächsten, mit dem Wärter, mit dem wie die beiden nun uralten Sabier, der im geheimen immer noch seinen Götzen anbetet und, je unbarmherziger der rohe einäugige Götze schweigt, desto trotziger den Araber und den Juden verachtet. Er ist wie die beiden längst vergessen worden, die Gefängnisverwaltung weiß nichts mehr von seiner Existenz, er muß sich sein Essen bei anderen Gefängniswärtern zusammenbetteln, die ihrerseits vergessen worden sind und ihr Essen zusammenbetteln müssen. Das wenige, das der Sabier erbettelt, teilt er mit den Gefangenen mechanisch, aus einem gewissen Pflichtgefühl heraus, das stärker als die Verachtung ist, die er den beiden gegenüber empfindet, eine Verachtung, die sich langsam zum Haß steigert, zu einem ohnmächtigen dunklen Zorn, der in ihm nagt, ihn ausfüllt, so daß er eigentlich nichts mehr ist als dieser Haß auf alle Juden und Araber und darüber hinaus auf deren Gott, der einmal geredet haben soll, auf diesen Dichtergott, wie er ihn nennt, ohne eigentlich zu wissen, wo er dieses Wort aufgeschnappt hat, denn was ein Dichter sein soll, weiß er auch nicht. Da erläßt irgendein Kalif, sei es al-Qadir ibn Ishaq ibn al-Muqtadir oder al-Qaim ibn al-Qadir, nach einer glücklichen Liebesnacht mit einer gefangenen Venezianerin namens Amanda, Anunciata oder Annabella mit langen zinnoberroten Haaren, den Befehl, alle Staatsgefangenen, deren Namen mit A beginnen, freizulassen. Durch einen Zufall dringt der Befehl zweihundert Jahre später, in den letzten Tagen al-Mustansir ibn az-Zahirs, des vorletzten aller Kalifen, bis zum uralten Sabier vor, der Anan ben David brummend freiläßt, nach einigem Zögern freilich, hat er doch das Gefühl, auch Abu Chanifa freilassen zu müssen, eigentlich könnte er sich, denkt er, nach dem ›Abu‹ richten, niemand würde es bemerken, aber sein Haß, den er gegen die beiden hegt, bewegt ihn, sich an ›Chanifa‹ zu halten und die beiden Theologen zu trennen. So läßt er schadenfroh nur Anan ben David frei. Bestürzt nimmt der Jude von Abu Chanifa Abschied, tastet noch einmal über das Gesicht des vertrauten Freundes, starrt in seine Augen, die wie aus Stein sind, und hat auf einmal das Gefühl, daß Abu Chanifa den Abschied nicht mehr wahrnimmt, daß dieser das Gefühl für jede Veränderung verloren hat, stolpert darauf verwirrt durch dunkle Gänge, von einer dumpfen Furcht vor der Freiheit ergriffen, erklimmt Leitern, die an naßen Mauern entlang in weitere Gefängnisse hinaufführen, irrt durch immer neue Gänge und gelangt zu steilen Treppen, bis er sich plötzlich im grellen Sonnenlicht in einem Hof befindet, blinzelnd, alt, unsäglich schmutzig, in Lumpen. Wie erlöst sieht er, daß die eine Hälfte des Hofes im Schatten liegt, schließt die Augen, tastet sich zur Mauer, läßt sich an ihr nieder. Ein Wärter oder ein Gefängnisbeamter findet ihn, fragt ihn aus, versteht nichts, schließt ihm kopfschüttelnd das Gefängnistor auf. Der Alte will seinen Platz an der Mauer nicht verlassen, der Wärter (oder der Gefängnisbeamte) droht, Gewalt anzuwenden, der Alte muß gehorchen: Die endlose Wanderung Anan ben Davids durch die Welt beginnt, unfreiwillig, denn kaum vor dem Gefängnistor, kaum unter Menschen, wird er von allen angestarrt; er ist anders als sie gekleidet, in zerrissenen, verschmutzten Lumpen zwar, aber doch in einer altertümlichen Kleidung. Auch sein Arabisch klingt anders; als er nach einer bestimmten Gasse fragt, versteht man ihn nicht, außerdem gibt es diese Gasse nicht mehr, die Stadt hat sich verändert; dunkel erinnert er sich, einige Moscheen schon einmal gesehen zu haben. Er sucht die jüdische Gemeinde auf, meldet sich beim Rabbiner, einem berühmten Talmudkenner. Auch hier hat man Mühe, den Alten zu verstehen, aber man läßt ihn vor den heiligen Mann, der das arabisch geschriebene Buch des berühmten Rabbi Saadia ben Joseph studiert: ›Die Widerlegung des Anan‹. Das eisgraue uralte Männchen umklammert die Knie des großen Talmudisten, nennt seinen Namen. Der Rabbi stutzt, fragt noch einmal, wird streng, entweder sei Anan ben David ein Narr oder ein Betrüger, der echte Rabbi Anan sei schon vor fast fünfhundert Jahren gestorben und ein Ketzer gewesen, von persischen Geheimlehren verseucht, er solle sich davontrollen. Dann wendet er sich wieder seinem Buche zu. Anan ben Davids uraltes Gesicht verfärbt sich: Ob er denn immer noch an den Talmud glaube, fragt er den Rabbi, an dieses erbärmliche Menschenwerk? Nun richtet sich der berühmte Talmudkenner auf, ein Riese von Gestalt, mit einem wilden pechschwarzen Bart, nicht umsonst nennt ihn die Gemeinde ›Heiliger Koloß‹. »Weiche von mir, du jämmerlicher Geist Anan ben Davids!«, donnert er, »du längst verfaulter! Laß ab von mir und von meiner Gemeinde. Du hast uns ins Unglück geführt, als du noch lebtest, und so seist du nun verflucht als schon längst Verscharrter!« Entsetzt stürzt Anan ben

David aus dem Haus des Heiligen, die Flüche des Juden gellen ihm nach. Er irrt ziellos durch die Straßen und Plätze der Riesenstadt. Gassenjungen bewerfen ihn mit Steinen, Hunde schnappen nach ihm, ein Betrunkener schlägt ihn zu Boden. Er weiß sich keinen anderen Rat mehr, als sich wieder am Gefängnistor zu melden, das er mit großer Mühe findet. Verwundert wird ihm das Tor aufgeschlossen, aber niemand erinnert sich seiner, der Gefängnisbeamte (oder der Wärter), der ihn entlassen hatte, ist nicht aufzutreiben. Der alte Jude berichtet von Abu Chanifa, niemand hat je von einem solchen Gefangenen gehört. Ein junger Subdirektor in der Leitung aller Gefängnisse der Stadt nimmt sich, historisch interessiert, des alten Juden an. Abu Chanifa ist für ihn ein vager Begriff, wenn es sich wohl auch um eine Verwechslung des Juden handelt, aber irgend etwas Wahres muß sich hinter der Geschichte verbergen. Er weist dem Alten eine Zelle im neuen Gefängniskomplex an, eigentlich für vermögende Untersuchungsgefangene bestimmt, mit Aussicht auf die Harun-al-Raschid-Moschee, läßt ihn verpflegen und neu einkleiden. Der Subdirektor wundert sich selbst über seine Großzügigkeit. Er forscht in alten Verzeichnissen, besichtigt alte Pläne, aber nichts läßt darauf schließen, daß unter all den Gefängnisbauten sich noch ein Gefängnis befinde, das Urgefängnis sozusagen. Der Subdirektor läßt alte Wärter zu sich kommen, auch uralte, die sich schon längst im Ruhestand befinden, niemand hat je von einem Sabier als Wärter gehört. Sicher, niemand kennt das ganze Gefängnis, zugegeben, die Pläne sind unvollständig, aber irgendeine Spur müßte immerhin vorhanden sein, wäre am Bericht des alten Juden etwas Wahres. Das sieht denn der Subdirektor schließlich ein, betrübt, denn irgendwie glaubt er dem Juden, fühlt sich ihm verpflichtet, seltsam, er gibt es zu, fühlt sich wie willenlos, spricht mit dem Direktor, ob man dem Alten nicht eine Zelle zur Verfügung stellen könne, am besten die Zelle, in der er schon haust, mit der Aussicht auf die Moschee. Das sei leider ausgeschlossen, der Direktor ist leicht indigniert über seinen Subdirektor, dieser könne doch nicht im Ernst annehmen, daß zwischen dem alten Juden und dem seit Jahrhunderten verstorbenen Abu Chanifa ein Zusammenhang bestehe. Er sei Gefängnisdirektor und kein Irrenhausleiter, der Subdirektor solle den Juden in ein solches einweisen. Aber Anan ben David ist verschwunden, als dieser Entscheid gefällt wird. Niemand weiß zu sagen, wie er seine Zelle verlassen konnte, vielleicht war sie auch verschlossen, vielleicht fand ein Wärter den Juden tot auf seiner Pritsche und ließ die Leiche wegschaffen, ohne den unbedeutenden Vorfall zu melden. Als aber fünfzehn Jahre später Hülägu, ein Enkel Dschingis-Khans, die Stadt mit ihren Moscheen, Krankenhäusern und Bibliotheken niederbrennt, achthunderttausend Einwohner niedermetzelt und den schriftstellernden al-Mustasim ibn az-Zahir, einen Abbasiden von einer beispielhaften Sanftheit, in einen Teppich gerollt zu Tode schütteln läßt, um, abergläubisch wie der Mongole ist, nicht den Boden des Abbasidenreiches, das er erobert hat, mit dem Blut des letzten Kalifen zu erzürnen, sieht ein Panzerreiter aus einer eingeäscherten Synagoge einen kleinen gebückten, uralten Juden entweichen und schickt ihm, verwundert, daß da noch jemand lebt, einen Pfeil nach, ohne schwören zu können, im ungewissen rauchigen Licht getroffen zu haben. Zweihundert Jahre später spricht in Granada ein unscheinbarer Jude unbestimmbaren Alters den Vorsteher der jüdischen Gemeinde an, er ist kaum zu verstehen, endlich begreift der Vorsteher, der Alte wolle mit Rabbi Moses ben Maimon diskutieren, und antwortet freundlich, der ›Rambam‹ sei schon vor fast dreihundert Jahren in Kairo gestorben, worauf sich der Fremde erschrocken zurückzieht. Unter den ersten Jahren Karls V. als spanischer König fällt ein jüdischer Greis in die Hände der Inquisition, er wird als Kuriosum dem Großinquisitor vorgeführt. Der Jude beantwortet keine Fragen, ob er stumm ist oder nicht, ist nicht auszumachen. Der Großinquisitor schweigt lange, starrt den Juden an, wie andächtig, macht eine unbestimmte Handbewegung, läßt ihn laufen als ohnehin dem Tode verfallen. Ob es sich in all diesen Berichten um Anan ben David handelt, wissen wir nicht, sicher ist nur, daß er durch die Welt irrt, ohne sich je wieder zu erkennen zu geben, daß er seinen Namen verschweigt. Er wandert von einem Land zum anderen, von einer Judengemeinde zur anderen und sagt kein Wort mehr. In den Synagogen hüllt er sich in einen alten zerschlissenen Gebetsmantel, so daß man den Uralten, wie der Großinquisitor, für taubstumm hält. Bald taucht er in diesem, bald in jenem Getto auf, kauert bald in diesem, bald in jenem Lehrhaus. Keiner kümmert sich um ihn, er ist eben der alte taubstumme Jude, der von irgendwoher gekommen ist, dem man das Notwendigste zuschiebt, den zwar jede Generation kennt, aber immer für jemand anderen hält, der einem anderen uralten, taubstummen Juden gleicht, den angeblich die ältere Generation gekannt haben soll. Er ist auch eigentlich so gut wie nichts, ein Schatten bloß, eine Erinnerung, eine Legende; was er braucht, etwas Brot, etwas Wasser, etwas Wein, etwas Schnaps, je nachdem, er nippt ja nur, starrt mit seinen großen Augen ins Leere, nickt nicht einmal zum Dank. Wahrscheinlich verblödet, altersschwach. Es ist ihm auch gleichgültig, was man von ihm denkt, gleichgültig, wo er sich befindet, die Verfolgungen, die Pogrome berühren ihn nicht, er ist nun so alt, daß sich auch niemand mehr von den Feinden seines Volkes gegen ihn wendet; der Großinquisitor war der letzte, der ihn beachtete. Anan ben David ist längst in Osteuropa untergetaucht, im Lehrhaus des großen Maggids von Mesritsch heizt er während Jahren im Winter den Ofen, wohl eine chassidische Sage; wo er sich sommers über aufhält, weiß niemand zu berichten. Im zweiten Weltkrieg endlich holt ihn ein Naziarzt aus einer langen Schlange nackter Juden, die sich einer der Gaskammern von Auschwitz zuwälzen; er hat mit dem kleinen Greis einige Experimente vor, friert ihn ein, fünf, zehn, fünfzehn Stunden minus hundert Grad, zwei Wochen, zwei Monate, der Jude lebt noch immer, denkt an irgend etwas, ist eigentlich nie da; der Arzt gibt es auf. Zurückschicken mag er ihn auch nicht, er läßt ihn in Ruhe, hin und wieder befiehlt er ihm, das Laboratorium zu säubern. Plötzlich ist der Jude verschwunden, und schon hat ihn der Nazi vergessen. Aber indem die Jahrhunderte versinken, werden für Anan ben David die Jahrhunderte, die er mit Abu Chanifa im Gefängnis zugebracht hat, in diesem elenden Verlies in Bagdad, immer bedeutender, gewaltiger, strahlender. Zwar hat er Abu Chanifa längst vergessen, er bildet sich ein, allein im finsteren Kerker gewesen zu sein, in den ihn al-Mansur hatte werfen lassen (auch an dessen Namen erinnert er sich nicht mehr), aber es scheint ihm nun, als habe er während all den endlosen Jahren mit Jahwe geredet, und nicht nur geredet, als habe er seinen Atem gespürt, ja sein unermeßliches Antlitz gesehen, so daß dieses erbärmliche Loch, das ihn gefangengehalten hatte, ihm immer mehr als das gelobte Land vorkommt und sich sein ganzes Denken, wie das Licht in einem Brennpunkt, auf diesen einen Ort konzentriert und zur übermächtigen Sehnsucht wird, dahin zurückzukehren, zurück an diesen heiligen Ort, ja, daß er nur noch lebt, weil diese Sehnsucht der Rückkehr in ihm ist und nichts anderes mehr, wobei er freilich längst vergessen hat, wo sich dieser heilige Ort nun eigentlich befindet, so wie er Abu Chanifa vergessen hat: Dieser indessen, immer noch in seinem Verlies kauernd, von den von Zeit zu Zeit herabfallenden Wassertropfen zu einer Art Stalagmit geworden, mit einem Funken Leben, hat Anan ben David ebenfalls seit Jahrhunderten vergessen, so wie auch der alte Sabier Abu Chanifa vergessen hat; er ist immer seltener gekommen und schließlich ganz ausgeblieben. Vielleicht daß der einäugige, verrostete Götze ihn erschlug, als er sich von der Wand löste. Dennoch bleibt die Schüssel von Abu Chanifa nicht leer, die Ratten, die einzigen Lebewesen, die sich in den über- und durcheinandergebauten Gefängnissen auskennen, schleppen ihm das Wenige herbei, das er zu seiner Nahrung braucht. Ihr Leben ist kurz, aber die Sorge für den vergessenen Gefangenen vererbt sich, er ist ihr Freund seit unzähligen Rattengenerationen, er teilte einst sein Essen mit ihnen, und nun teilen sie das ihre mit ihm. Er nimmt dennoch ihren Dienst wie selbstverständlich hin, kaum daß er hin und wieder ihre Pelze streichelt, immer seltener, je mehr er versteinert, sind doch seine Gedanken anderswo: Auch ihm kommt es vor, als habe er während Jahrhunderten mit Allah geredet, allein in diesem finsteren Kerker, und das elende Verlies, in welchem er kauert, ist für ihn längst kein Verlies mehr. Den Kalifen hat er längst vergessen, manchmal gibt er sich Mühe, sich an den Namen zu erinnern; die lächerliche Meinungsverschiedenheit, die ihn ins Gefängnis gebracht hat – er weiß nicht einmal mehr, worum es sich in diesem Streit gehandelt hat; auch ist es ihm nicht bewußt, daß er eigentlich schon längst den Kerker hätte verlassen können, daß niemand ihn hindern würde. Was ihn erfüllt, ist die Gewißheit, sich an einem heiligen Ort aufzuhalten, nur schwach hin und wieder erhellt, roh behauene Steinquader, schimmernd im Dunkeln, aber geheiligt durch den, der zu ihm gesprochen hat, durch Allah selbst; und was ihn am Leben erhält, ist die Aufgabe, diesen Ort durch sein Ausharren zu hüten als sein, Abu Chanifas Eigentum, ihm von Allah selbst übergeben. So wartet Abu Chanifa denn auf die Stunde, da Allah in seiner Barmherzigkeit wieder zu ihm sprechen, da er wieder seinen Atem spüren und sein unermeßliches Antlitz sehen würde. Er wartet mit der ganzen Sehnsucht seines Herzens, mit der glühenden Kraft seines Geistes auf diese Stunde, und sie kommt auf ihn zu, wenn auch anders als erwartet: Anan ben David ist auf seinen Irrfahrten nach Istanbul gekommen, zufällig, er weiß nicht einmal, daß er in Istanbul ist. Er hockt seit Wochen vor einer alten Synagoge, fast eins mit dem Gemäuer, grau und verwittert wie dessen Steine, bis ihn ein betrunkener Schweizer entdeckt, ein Bildhauer, der, wenn er nicht betrunken ist, gewaltige eiserne Geräte und Blöcke zusammenschweißt. Der Schweizer starrt den kleinen, uralten, zwerghaften Juden an, legt ihn über seine mächtigen Schultern und schleppt ihn zu einem verrosteten zusammengeflickten Volkswagenbus. Das heißt, in Istanbul ist der Schweizer noch nicht eigentlich betrunken, nur angesäuselt, aber dann durch Anatolien hindurch von Station zu Station berauschter, offenbar versucht er, in seinem Kleinbus Whisky zu schmuggeln, um sich Geld für seine Eisenplastiken zusammenzuverdienen, nicht ohne Geschick offenbar, wobei freilich der Whisky sich bedenklich vermindert und damit der Gewinn: Bei jedem Grenzposten, bei jeder Polizeistation, bei jeder Kontrolle zeigt er großzügig den Whisky vor, und ein unendliches Fest beginnt, mit dem Erfolg, daß die Grenzposten, die Polizeistationen und Kontrollen noch betrunkener sind als der Schweizer. Anan ben David hatte jedesmal bezeugt, indem er, wie immer sich stumm stellend, den Kopf schüttelte, daß der Whisky im Koran nicht verboten ist; dazu hat ihn der Schweizer auch mitgenommen, in der Meinung, das uralte Wesen sei ein Moslem, ein Zusammenhang, auf den Anan ben David, in Jahwe versenkt und in Erwartung seines Wiedertreffens mit ihm, nicht kommt. In Bagdad aber, ohne daß Anan ben David freilich weiß, daß er in Bagdad ist, glaubt er doch in Argentinien oder in Wladiwostok zu sein, so sehr sind ihm die Kontinente und die Erinnerungen durcheinandergeraten nach jahrhundertelangem Irren, in Bagdad aber saust der Schweizer in eine Verkehrsinsel, mit über hundertzwanzig Sachen auf dem Gashebel, wo man doch nur sechzig – die Verkehrsinsel, Verkehrspolizist, Bildhauer und Kleinbus stehen lichterloh in Benzin- und Whiskyflammen, alles explodiert, verpufft in einer gelben Rauchsäule Old Smuggler, samt einer der größten Kunsthoffnungen Helvetiens. Nur Anan ben David verschwindet in der Menschenmenge, die sich zusammenstaut, die tutenden Polizei- und Sanitätswagen am Herankommen hindert: Vom Schweizer ist nur noch eine schwörende Hand übrig, auf was sie schwor, ist nicht mehr auszumachen. Anan ben David eilt Luxusgeschäften entlang, biegt um ein Hochhaus, als er bemerkt, daß er von einem weißen Hund verfolgt wird. Der Hund ist hochbeinig und nackt, seine Haare sind ihm ausgefallen. Anan ben David flieht in eine Seitengasse, die Häuser sind uralt oder scheinen uralt, so verwahrlost sind sie, obgleich doch das Hochhaus ganz in der Nähe sein muß, auch wenn es nicht mehr sichtbar ist. Anan ben David erblickt den Hund nicht mehr, aber er weiß, daß dieser ihm folgt. Er öffnet die Tür eines alten baufälligen Hauses, betritt einen Hof voller Schutt, über den er klettert, im Boden findet er eine Öffnung, halb ein Brunnenschacht, halb eine Höhle. Eine Ratte starrt ihn bösartig an, verschwindet, in der Haustür erscheint der weiße nackte Hund, bleckt die Zähne. Anan ben David steigt in die Höhle hinab, ertastet Stufen, steigt hinunter, befindet sich in endlosen Gängen, die Finsternis ist vollkommen, aber er geht weiter. Er weiß, daß der nackte weiße Hund ihm nachschleicht, daß ihn die Ratten erwarten. Plötzlich fühlt er sich heimatlich, zu Hause, er bleibt stehen. Er weiß, ohne es zu sehen, daß vor ihm ein Abgrund ist, bückt sich, seine Hände sind im Leeren, fassen eine Leiter, er steigt hinab, furchtlos, gelangt auf festen Boden, ein neuer Abgrund, wieder tasten seine Hände im Nichts, wieder ist auf einmal eine neue Leiter da. Er steigt hinunter, die Leiter schwankt, oben kläfft der Hund. Jetzt weiß er den Weg, geht durch die niedrigen Gänge, findet die niedrige eiserne Türe, die Querbalken sind verfault, die Tür zerfällt in Staub, wie er sie berührt, so sehr ist sie verrostet, er kriecht in das gelobte Land: in seine Zelle, in sein Verlies, in sein Gefängnis, in seinen Kerker, in welchem er mit Jahwe geredet hat, an die unbehauenen rohen Quader, den feuchten Boden. Er läßt sich nieder. Ein unendlicher Friede senkt sich auf ihn, der Friede seines Gottes, der Friede Jahwes. Doch plötzlich schließen sich zwei Hände um seinen Hals. Abu Chanifa fällt ihn an, als sei Anan ben David ein wildes Tier, eine Bestie, die in sein, Abu Chanifas Reich gedrungen ist, das doch Allah gehört, und Abu Chanifa ist nur von der heiligen Pflicht beseelt, diesen Eindringling, der seine Freiheit bedroht, zu töten: denn seine Freiheit besteht nicht bloß darin, daß dieses erbärmliche Verlies sein Verlies ist, Abu Chanifas Verlies, sondern daß es von Allah als sein, Abu Chanifas Verlies geschaffen worden ist, während sich Anan ben David mit der gleichen Wut verteidigt: Der, welcher ihn angreift, hat von seinem, Anan ben Davids gelobtem Land Besitz ergriffen, vom Ort, wo Er, Jahwe, mit ihm, seinem unwürdigen Diener, gesprochen hat, wo er dessen Atem gespürt, dessen unermeßliches Antlitz geschaut hat. Der Kampf ist mörderisch, ohne Gnade; jeder verteidigt mit seiner Freiheit die Freiheit seines Gottes, einen Ort für den zu bestimmen, der an ihn glaubt. Und der Kampf ist um so schwerer für Anan ben David, als ihn unzählige Ratten überfallen, sich wütend, blutgierig in ihn verbeißen. Ermattet weichen die beiden Kämpfer voneinander, Anan ben David am Ende seiner Kraft, er weiß, einem neuen Angriff seines Gegners und der Ratten ist er nicht mehr gewachsen. Da schmiegen sich allmählich, zögernd zuerst, die Ratten, die Anan ben

David doch angegriffen haben, diese fürchterlichen Bestien, an ihn und lecken seine Wunden; sie haben ihn im vererbten Instinkt unzähliger Generationen wiedererkannt, und wie sie ihn lecken, spürt er die unmittelbare Nähe Jahwes, seines Gottes, er beugt sich unwillkürlich vor, um im ungewissen dämmerhaften Licht seinen Gegner zu erkennen, und sein Gegner beugt sich ihm entgegen, mühsam, den Kalksandstein zerbrechend, der ihn wie ein Panzer umgibt, doch schon zerbrochen, da vorhin sein Haß ihn aufbrach. Anan ben David starrt Abu Chanifa ins Gesicht und Abu Chanifa ins Gesicht Anan ben Davids: Jeder, uralt geworden durch die unzähligen Jahrhunderte, starrt sich selber an, ihre Gesichter sind sich gleich. Aber allmählich weicht in ihren fast blinden, steinernen Augen der Haß, sie starren sich an, wie sie auf ihren Gott gestarrt haben, auf Jahwe und Allah, und zum erstenmal formen ihre Lippen, die so lange geschwiegen haben, jahrtausendelang, das erste Wort, nicht einen Spruch des Korans, nicht ein Wort des Pentateuchs, nur das Wort: Du. Anan ben David erkennt Abu Chanifa, und Abu Chanifa erkennt Anan ben David. Jahwe ist Abu Chanifa und Allah Anan ben David gewesen, ihr Kampf um die Freiheit war eine Sinnlosigkeit. Abu Chanifas versteinerter Mund formt sich zu einem Lächeln, Anan ben David streicht zögernd durch das weiße Haar seines Freundes, fast scheu, als betaste er ein Heiligtum. Abu Chanifa begreift gegenüber dem uralten kleinen Juden, der da vor ihm hockt, und Anan ben David erkennt gegenüber dem Araber, der vor ihm auf den Fliesen des Kerkers kauert, daß beider Eigentum, das Gefängnis des Abu Chanifa und der Kerker des Anan ben David, die Freiheit des einen und die Freiheit des anderen ist.

Smithy

1961–1976

Seine Schwierigkeiten begannen schon am Morgen, sie waren unerwartet und deprimierten um so mehr, als sich J.G. Smith – diesen Namen hatte er nach vielen anderen schließlich angenommen –, wenn nicht arriviert, so doch gesichert gefühlt hatte; sein Einkommen erreichte eine Höhe, auf der sich gerade leben ließ, die Behörde tolerierte ihn, zwar nicht offiziell, aber mehr oder weniger; um so blödsinniger nun Leibnitz' Schwanken. Natürlich war Leibnitz zu ersetzen, durch jeden Medizinstudenten mit einiger Übung im Sezieren; aber J.G. Smith hing nun einmal an Leibnitz, der Mensch verdiente weiß Gott anständig, und wenn Leibnitz auch die Erlaubnis bekommen hatte – eben diesen Morgen war sie ihm zugestellt worden –, wieder eine Arztpraxis zu eröffnen, so mußte er sich doch im klaren sein, daß ihm diese Erlaubnis nichts mehr nützte, nicht der früheren Verfehlungen wegen – Abtreibungen und ähnliches –, sondern weil Leibnitz nun bald vier Jahre bei J.G. Smith gearbeitet hatte, eine zu lange Zeit, um sich noch zurückziehen zu können; angenehm, das Leibnitz unter die Nase reiben zu müssen, war es gerade nicht, aber schließlich hatte Leibnitz kapiert, auch daß er die Lohnerhöhung nicht erhielt, da war Smith unerbittlich, man droht nicht mit einer Kündigung, bei ihm nicht, eine Haltung, die Smith bei dem neuen Bullen natürlich nicht einnehmen konnte: der ging auf Pulver aus und erhielt das Pulver, gegen Naturgesetze ließ sich nichts ausrichten. »Sehn Sie mal, Smithy«, hatte der Neue gleich zu Beginn der Unterredung erklärt, wobei er in den Zähnen herumstocherte – sie standen an der Ecke Lexington/52. Straße, gegenüber baute die City Bank –, »sehn Sie mal, Smithy, gewiß, der alte Miller hatte vier Kinder, und ich bin ledig, aber ich habe nun eben einen höheren Begriff vom Leben«, und auf die vage Drohung Smithys, sich an den Hafeninspektor zu wenden, der ihn schließlich auch toleriere, überhaupt, mit dem er befreundet sei, antwortete der Bulle nur, na ja, dann fliege die Angelegenheit eben auf. Schwierigkeiten, nichts als Schwierigkeiten. Dazu die Hitze, und erst dritter Mai, man hätte denken können, es sei Hochsommer, Smithy schwitzte unaufhörlich, schon als Leibnitz mit seinen Forderungen aufgetaucht war, hatte er geschwitzt, alles flimmerte vor Hitze, Brooklyn war kaum zu sehen, Air-Conditioning konnte Smithy sich jetzt nicht mehr leisten, man roch die Leichen, dem Hausmeister war es gleichgültig, und Smithy hatte seine Wohnung woanders, und telefonisch war er auch noch bei Simpson zu erreichen, auch war Leibnitz an alles gewöhnt, aber peinlich war es doch, hin und wieder verirrte sich ein Kunde, geriet in den Sezierraum, statt sich bei Simpson an die Bar zu setzen, und immer konnte Leibnitz die Leichen auch nicht im Kühlraum aufbewahren, er mußte sie auf den Seziertisch schleppen, wenn er sich an die Arbeit machte, überhaupt, überlegte Smithy, sollte man das Ganze als Laboratorium tarnen, als etwas Technisches, Blitzblankes, Weißgekacheltes – was jetzt unter der Triboro Bridge installiert war, hatte einen dubiosen Anstrich. Sicher, schätzenswerte Vorzüge mußten erwähnt werden: die Nähe des West Rivers vor allem. Smithy fluchte; nach Hause zu gehen, zu duschen, das Hemd zu wechseln, fehlte die Zeit. Zur Hitze kam der Gestank. Nicht der Leichengeruch am Morgen, dieser Geruch gehörte zu seinem Beruf und störte ihn ebensowenig wie der Geruch von Leder einen Gerber, nein, der Geruch der Stadt machte ihn rasend, dieser Geruch, den er haßte, der allen Dingen anhaftete, glühend und klebrig, verpappt mit unendlichen Staub- und Kohlemolekülen, Ölpartikelchen, eins mit dem Asphalt, mit den Häuserfronten, den dampfenden Straßen. Er soff. Schon während der Unterredung mit Leibnitz hatte er getrunken. Gin. Mit dem neuen Bullen war er in den Drugstore vom Belmont gegangen. Zwei Schlitz. Später trank er mit dem Hafeninspektor irgendwo in der 50. Bourbon. Der Hafeninspektor trank Bier, aß zwei Steaks, Smithy rührte sein Steak nicht an, der Polizeichef, der dann später doch kam, wie der Hafeninspektor versprochen hatte, war ein ekelhafter Intellektueller, überhaupt kein Bullentyp, irgendein Eierkopf, der sich seinen Posten durch schwule Querverbindungen ergattert hatte, stellte sich Smithy vor, die Fronten wurden immer undurchsichtiger, der Gangster neulich, dem Smithy die Millionärstochter hatte verschwinden lassen, auch ein Schwuler, war früher Priester gewesen. Lief noch so herum. Aber vielleicht war der Polizeichef gar kein Schwuler, die Kellnerin vorhin hatte er geil angesehen, vielleicht war er ein Kommunist. Er war über den Priester im Bilde, hatte ihn ja an Smithy vermittelt, nicht der Hafeninspektor, wie Smithy zuerst geglaubt hatte. Nun mußte Smithy dem Polizeichef noch die Millionärstochter bezahlen, dabei hatte er schon den Hafeninspektor bezahlt, ein verdammtes Verlustgeschäft. Smithy trank den Bourbon aus. Eigentlich hätte er zu Simpson gehen sollen, aber der Polizeichef kam ins Reden. Der Kerl konnte sich das Schwafeln ja leisten, für den spielte Zeit keine Rolle, dazu die Sauhitze trotz Air-Conditioning: Es sei besser, der Sanitätsdienst übernehme das Ganze, natürlich Geheimhaltung, auch Holy (der Priester) meine, es sei zu riskant, die Angelegenheit einer Privatperson wie Smithy zu überlassen, der Priester sei der neue heimliche Boss im Revier. Smithy ging wieder zu Gin über. Das Steak ließ er immer noch unberührt, der Polizeichef quatschte weiter: die alte Art, die Verbrechen zu bekämpfen, sei unwirksam geworden, der Staat müsse heute mit dem Verbrechen leben, seit er sich mit Holy verstehe, gingen auch die Verbrechen zurück, es liege an der Toleranz, Smithy müsse kapieren, daß sein ständiges Lavieren zwischen dem legalen und dem illegalen Lager vorbei sei, weil nun die Legalität die Illegalität wenn auch nicht ausgerottet habe, so doch steuere, sonst würde, wenn Smithy kein Einsehen habe, eben der Sanitätsdienst eingeschaltet, schlimmstenfalls die Hafenpolizei, auch wenn gewisse hygienische Bedenken bestünden. Smithy verlangte Kaffee, nahm drei Stück Zucker, rührte mit dem Löffel. »Wieviel?« »Die Hälfte pro Fall«, sagte der Polizeichef, nahm seine randlose Brille, hauchte sie an, reinigte sie, setzte sie wieder auf, betrachtete Smithy wie ein Forscher eine Laus. Der Hafeninspektor stocherte in den Zähnen wie der Bulle gegenüber der City Bank. Der Polizeichef setzte seine Brille wieder ab, reinigte sie noch einmal, Smithys Anblick widerte ihn an. Zu dem Tarif sei nicht zu arbeiten, sagte Smithy, er müsse Leibnitz das Doppelte zahlen, das Schwein sei wieder ein legitimer Mediziner. Schön, sagte der Polizeichef, nachdem er noch einen

Kaffee bestellt hatte, er rede mit dem Sanitätsdienst. Smithy bestellte noch einen Gin. »Tut mir leid, Smithy«, sagte der Hafeninspektor. Smithy gab nach, in der Hoffnung, sich irgendwo hinter dem Rücken der Polizei mit Holy zu arrangieren, es gab immer wieder Abmachungen, von denen der Polizeichef nichts wissen durfte, so wie es Abmachungen gab, die Holy nichts angingen – und bestellte noch ein Schlitz. Aber als er gegen Mitternacht in Tommey's französischem Restaurant, von dem niemand wußte, warum es ein französisches Restaurant sein sollte, nun doch ein Steak aß und Pommes frites, setzte sich statt Holy van der Seelen zu ihm, der sich als Russe oder Pole ausgab, je nach Bedarf, aber wahrscheinlich ein Italiener oder Grieche war und ganz anders hieß; einige behaupteten auch, er sei wirklich ein Holländer, aber heiße nicht van der Seelen, sondern wie Käse auf dänisch; auf alle Fälle war er vor zwei Jahren als halbkrepierter Emigrant aus dem verfluchten Europa herübergeschwommen, das all diese Ratten erzeugte – der Präsident sollte einmal einschreiten –, jetzt steckte er in einem verdammt teuren Anzug, Seide, unerträglich parfümiert, eine Havanna rauchend, Monte Christo. Holy sei leider verhindert, sagte van der Seelen. »Geschäftlich?« fragte Smithy, den es nichts anging, verärgert, weil er sich mit Holy absprechen mußte. »Eigentlich schon«, antwortete van der Seelen, bestellte sich einen Hummersalat und sagte, Holy liege wahrscheinlich schon in Smithys Kühlraum oder vielleicht gar auf Leibnitz' Seziertisch. »Schade um den Schwulen«, bedauerte Smithy, betrachtete van der Seelen nachdenklich und nahm sich vor, einmal nachzufragen, was Käse auf dänisch heiße, ein Straßenbulle unter der Triboro Bridge war Schwede, und dann dachte er, ob der Polizeichef wohl schon wisse, daß nun ein anderer als Holy der Boss war. Van der Seelen grinste ihm väterlich zu: »Einer war zuviel im Revier. Wir werden schon miteinander auskommen, Smithy.« Er müsse leider den Tarif erhöhen, sagte Smithy, Leibnitz sei teurer geworden. Van der Seelen schüttelte den Kopf. »Ich habe geheiratet, Smithy, letzte Woche«, meinte er. »Na und?« fragte Smithy. Seine Frau habe einen Bruder, Medizinstudent, bloß fixe der leider, verdammt teurer Spaß. Smithy begriff: »Machen wir's zum alten Tarif«, schlug er vor. »Zehn Prozent weniger«, antwortete van der Seelen, »schließlich muß ich meinen Schwager unterstützen.« Smithys Geschäft stand schlechter denn je, dazu immer noch diese Mordshitze, es war, als tauche er in eine heiße Brühe, als er aus Tommey's französischem Restaurant trat. Eigentlich wollte er nach Hause, in seine drei möblierten Zimmer mit Küche und Bad, scheußlich eingerichtet, deutsch, mit unleserlichen Büchern vollgestopft, eine Wohnung, die er vom Professor übernommen hatte, Leibnitz' Vorgänger, ein muffiger Stall, nie gelüftet, nie gereinigt, aber ein Luxus, dachte er an den Verschlag zurück, worin er jahrelang in der Bronx gehaust hatte. Nun, wenn es geschäftlich so weiterging mit den neuen Partnern, würde er bald in einem Kellerloch landen, der Polizeichef war ein Kommunist, das war Smithy klar, und van der Seelen ein Jude, das war noch klarer, ein vielleicht holländischer Jude, der wie Käse auf dänisch hieß; das beste war, Smithy haute ab, nach Los Angeles oder so, abhauen und dort einen neuen Laden aufmachen, einen wie Smithy hatte man überall nötig, Leichen mußten überall verschwinden. Gegenüber Tommey's französischem Restaurant war eine kleine Bar.

Smithy ging über die Straße, ein Auto stoppte, schlitterte, der Fahrer fluchte. In der Bar verlangte Smithy noch einen Gin, am besten, man besoff sich. Durch die offene Bartür sah er van der Seelen in seinen Cadillac steigen, zu Sam, seinem Fahrer. Smithy kippte den Gin hinunter und ging dann doch nicht nach Hause. Van der Seelens fettes Gesicht hatte ihn plötzlich traurig gemacht, Holy tat ihm leid. Smithy schneuzte sich, als er dem Taxifahrer eine Straße in der Nähe der Triboro Bridge nannte, Holy hatte noch an eine Gerechtigkeit geglaubt, überhaupt ständig von Gott geredet, komisch bei seinem Job, Smithy war sicher, daß der Schwule heimlich seinen Rosenkranz gebetet hatte, wenn Smithy sich darunter auch nichts vorstellen konnte. Der Taxifahrer redete vor sich hin, auf spanisch, unaufhörlich, Smithy war froh, als das Taxi die angegebene Straße erreicht hatte, der Taxifahrer kam ihm irre vor, aber die Hitze machte allen zu schaffen. Smithy hatte noch einige Häuserblöcke entlang zu gehen und dann zum West River hinunter, nach alter Gewohnheit ließ er sich nie an seinem Arbeitsplatz absetzen. Die Straßen, enge Schluchten, in eine sinnlose Urlandschaft gesprengt, waren scheinbar leer, aber auf den Gehsteigen, den Mauern entlang und auf den Balkonen lagen Menschen und schliefen, halbnackt und nackt, bei der schlechten Beleuchtung kaum zu erkennen, aber überall anwesend als etwas Tierisches, Schwammiges, Smithy lief wie durch heiße, schnarchende, nasse Wände, er schwitzte, er hatte zuviel getrunken. Er erreichte das halbzerfallene Lagerhaus. Im vierten Stock befand sich Leibnitz' Arbeitsraum, nicht gerade praktisch, aber Leibnitz hatte auf diesen Räumlichkeiten bestanden, überhaupt, wie im einzelnen Leibnitz' Arbeit vor sich ging und wie er es schaffte, die Überreste – irgendwelche mußte es doch geben, wenn auch offenbar minimale – fortzuschaffen, irgendwohin vom vierten Stock aus, das war Smithy nie recht klargeworden, vielleicht löste sich alles in Flüssigkeit auf und rauschte in die Kanalisation. Smithy schauderte, dachte er daran, daß vor Leibnitz der Professor seine Arbeit noch in der Wohnung verrichtet hatte, in der Smithy jetzt hauste, wenn auch damals der Umsatz noch gering war, nur eine Leiche im Monat. Schon hatte Smithy die Tür aufgeschlossen, in der vagen Hoffnung, Holy doch noch einmal zu sehen, wenn auch als Leiche, als in diese Hoffnung hinein, betrunken wie Smithy nun einmal war, voll sentimentaler Pietät, eine Stimme hinter ihm von der Straße her sagte: »Ich will mit dir schlafen.« Smithy, die Klinke der halbgeöffneten Tür in der Hand, im Begriff, über die Schwelle zu treten, schaute zurück. Eine Frau stand dicht hinter ihm vor der Türe, nur als Silhouette zu erkennen, Smithy hatte die Treppenbeleuchtung nicht eingeschaltet. Irgendeine Nutte, dachte er. Smithy wollte schon die Türe vor ihr zuschlagen, als ihn plötzlich ein wilder Humor packte. »Komm«, sagte er und tappte ohne Licht zum Lift. Die Frau folgte, er spürte sie in der Brutofenwärme des Korridors, der Lift kam von oben herab. Sie standen dicht beieinander, es dauerte einige Zeit bis der Lift – ein Warenlift, alt, langsam – unten war, Smithy in seiner Betrunkenheit vergaß die Frau. Erst als er sich im hell erleuchteten Lift an die Wand lehnte, fiel sie ihm wieder auf, erinnerte er sich, daß er sie mitgenommen hatte. Sie war etwa dreißig, schlank, strähniges dunkles Haar, große Augen, vielleicht schön, vielleicht nicht, in seiner Besoffenheit brachte Smithy die Erscheinung nicht ganz zusammen, der Eindruck von etwas Vornehmem, von etwas Ungewöhnlichem drang durch seinen Rausch, ein irgendwie ungemütlicher Eindruck, ihr Kleid mußte wahnsinnig teuer sein, und die Figur darunter war zwar in Ordnung, paßte jedoch nicht in die Umgebung, wieso, wußte Smithy nicht, er fühlte es nur, ihr Körper war einfach kein Nuttenleib, und obwohl ihm nebelhaft schwante, daß er sich in dieses Abenteuer nicht einlassen sollte, setzte er den Lift in Bewegung. Die Frau starrte ihn an, nicht spöttisch, auch nicht ängstlich, nur gleichgültig. Er schätzte sie jetzt auf fünfundzwanzig, er war es gewohnt, das Alter der Menschen abzuschätzen. Beruflich. »Wieviel?« fragte Smithy. »Gratis.« Wieder wurde Smithy von einem teuflischen Humor gepackt, die sollte etwas erleben, er stellte sich vor, wie sie die Fassung verlieren würde, das verdammt Vornehme, das ihn auf einmal störte, wie sie schreien würde, die Treppe hinunterrasen, zu den Bullen womöglich, und wie die einfach grinsen würden. Als er sich das vorstellte, grinste er sie an, doch sie verzog keine Miene starrte ihm einfach ins Gesicht. Der Lift hielt, Smithy trat heraus, öffnete die Türe zum Sezierraum, ging hinein, ohne sich nach der Frau umzusehen. Sie folgte ihm, blieb in der Türe stehen. Smithy trat zum Seziertisch, starrte auf Holy, der nackt und tot dalag, Einschüsse in der Brust, erstaunlich sauber, Leibnitz mußte die Leiche gewaschen haben. Über der Rückenlehne eines Stuhls lag Holys Priesterrock, sorgsam zusammengefaltet, und Holys Unterwäsche, zinnoberrot, Seide. »Kein Rosenkranz?« fragte Smithy. »Sonst nichts«, sagte Leibnitz, »außer dem da«, und deutete in die Ecke neben dem Fenster: Gurte mit Munition, Revolver, eine Maschinenpistole, einige Handgranaten. »Alles unter dem Priesterrock versteckt, ein Wunder, daß das Ganze nicht hochging!« Leibnitz ließ Wasser in eine alte Badewanne laufen, die Smithy zum ersten Mal sah. »Ich glaube, der war überhaupt kein Priester. Nur ein Schwuler.« »Auch möglich«, sagte Smithy, »eine Neuanschaffung?« Er betrachtete die Kanister und Flaschen, die herumstanden. »Was?« fragte Leibnitz. »Die Wanne«, sagte Smithy. Die sei schon immer dagewesen, antwortete Leibnitz und schob den Wagen mit den chirurgischen Instrumenten zum Seziertisch. »Du kannst auch nicht Dänisch?« »Nein«, antwortete Leibnitz. Smithy wandte sich enttäuscht ab, sah die Frau, die immer noch in ihrem teuren Kleid in der Tür stand, nachlässig mit der linken Schulter an den Türpfosten gelehnt. Er hatte sie wieder vergessen und erinnerte sich plötzlich, daß er sich vorgestellt hatte, sie würde schreien, zu den Bullen rennen. »Hau ab«, sagte Smithy wütend, aber er wußte schon, daß es eine Phrase war. Sie schwieg. Ihr Gesicht war nicht geschminkt, ihr Haar hing in langen weichen Strähnen. Smithy fror, es war so heiß, daß ihm plötzlich eiskalt wurde, dann fragte Smithy: »Leibnitz, wo schläfst du eigentlich?«, ohne die Frau aus den Augen zu lassen, die immer noch an dem Türpfosten lehnte. »Ein Stockwerk höher«, sagte Leibnitz, während er schon in Holy hineinschnitt. Smithy ging zu der Frau. Sie sagte nichts, betrachtete ihn gleichgültig. »Geh in den Lift«, sagte Smithy. Wieder lehnten sie einander gegenüber an den Liftwänden, minutenlang einander betrachtend. Smithy schloß das Gitter, durch die offene Tür des Sezierraums konnte er Leibnitz eifrig an Holy herumschneiden sehen. Dann fuhr der Lift nach oben, hielt.

Die beiden bewegten sich nicht. Smithy betrachtete die Frau, die Frau betrachtete ihn, als sei er irgend etwas Nebensächliches, überhaupt nicht vorhanden und doch vorhanden, sie schaute nicht einfach ins Leere, sie tat nicht, als ob sie ihn nicht sähe, das war das Wahnsinnige. Im Gegenteil, sie beobachtete ihn, erforschte ihn, tastete mit ihrem Blick jede Pore seines unrasierten, verschwitzten Gesichts ab, glitt jeder Falte nach, und dennoch blieb er ihr gleichgültig, sie wollte einfach bestiegen werden wie ein Tier von einem Tier, und Tiere, dachte Smithy, sind einander wohl auch gleichgültig, er dachte es nebenbei, während er sie betrachtete, ihre Schultern, ihre Brüste unter dem raffinierten Kleid, und dabei dachte Smithy an Holys nackten Leichnam, den Leibnitz ein Stockwerk tiefer auseinanderschnitt. Kalter Schweiß lief über Smithys Gesicht, er fürchtete sich, er brauchte etwas Nahes, Weiches, Warmes in dieser Kälte, zu der die Hitze erstarrt war, er riß die Frau mit sich, stieß die Tür dem Lift gegenüber auf, zog die Frau ins Zimmer, sah undeutlich eine Matratze, warf die Frau darauf, nur vom Lift her drang Licht durch die offene Türe, und als er die Frau genommen hatte, die alles hatte geschehen lassen, suchte er seine Hose, auf allen vieren, er hatte sie irgendwohin geschleudert, und sie lag außerhalb des Lichtscheins, den der Lift ins Zimmer warf, lächerlich das Ganze, idiotisch. »Taxi«, sagte die Frau ruhig. Smithy stieg in die Hose, stopfte das Hemd hinein, suchte seinen Kittel, fand ihn, über Bücher stolpernd, das ganze Zimmer schien voller Bücher zu sein, wie zu Hause, wo immer noch die Bücher des Professors herumlagen, nur daß hier keine Möbel waren außer der Matratze, unsagbar, wie Leibnitz heruntergekommen war, dabei verlangte der Strolch noch mehr Prozente. Licht machte Smithy nicht, er schämte sich, obgleich er wieder dachte, vor einer Hure brauche er sich nicht zu schämen, aber er wußte plötzlich, daß sie keine Hure war. Die Frau lag immer noch auf der Matratze, im Licht des Lifts, nackt, weiß, Smithy wunderte sich, er konnte sich eigentlich an nichts mehr erinnern, er mußte ihr das Kleid heruntergerissen haben, schön, sollte sie eben sehen, wie sie es zusammenflickte, offenbar hatte ihn das teure Kleid wütend gemacht, überhaupt konnte sie sich nun selber kümmern, sie war ihm nachgestiegen, nicht er ihr, aber dann ging Smithy doch zu Leibnitz hinunter, trat in die immer noch offene Tür des Sezierraums, von Holy war nur noch der Rumpf übrig, unglaublich, was Leibnitz leistete, plötzlich war Smithy stolz auf ihn. Leibnitz hatte weiß Gott seine Prozente verdient, er schaute ihm zu, wie Leibnitz immer wieder in der Badewanne herumrührte, in irgendeinem breiigen Schaum, dann gurgelte es, und die Badewanne leerte sich langsam. Eigentlich praktisch, Smithy wurde andächtig ob der Hinfälligkeit alles Irdischen, dann sah er die Frau wieder in der Tür stehen, wie vorhin, wieder im Kleid, das unbeschädigt war, sie mußte es doch wohl selbst ausgezogen haben. Smithy wurde verlegen, wahrscheinlich weil er sich über die Hinfälligkeit des Irdischen Gedanken gemacht hatte, aber er glaubte kaum, daß sie es bei dieser Hitze bemerkt haben konnte, die er auf einmal wieder spürte, die ihn anfiel, der Schweiß rann an ihm nieder, er kam sich ekelhaft vor. Er ging ans Telefon auf dem Fensterbrett, rief van der Seelen an, den er noch nie angerufen hatte, aber von Sam kannte er seine Nummer. Es dauerte, bis van der Seelen den Anruf entgegennahm, jedesmal kam wieder ein anderer an den Apparat und sagte, van der Seelen sei nicht zu sprechen, aber als er endlich doch zu sprechen war, weil Smithy einfach immer wieder anläutete, und van der Seelen brüllte, was Smithy denn eigentlich einfalle, brüllte Smithy zurück, er verlange zwanzig Prozent mehr, sonst schließe er seinen Laden. »Gut, gut«, antwortete van der Seelen auf einmal stinkfreundlich, »zwanzig Prozent mehr.« Aber jetzt wolle er schlafen. Und dann wolle er noch Sam mit dem Cadillac, schrie Smithy. Wohin er denn kommen solle, fragte van der Seelen, immer noch stinkfreundlich. Unter die Triboro Bridge, sagte Smithy, und er möchte nicht lange warten. »Kommt, kommt«, sagte van der Seelen begütigend, und Smithy legte den Hörer auf. Inzwischen war von Holy nichts mehr zu sehen, nur das Priesterkleid, das Leibnitz als letztes zusammen mit der zinnoberroten Unterwäsche in die Badewanne warf. Smithy ging mit der Frau nach unten. Die Haustür stand noch offen. Es war immer noch nicht kühler geworden, aber es dämmerte schon, der Morgen kam wie ein Überfall, es war taghell, als Sam mit dem Cadillac vorfuhr. Smithy setzte sich neben Sam, die Frau setzte sich hinter Smithy. »Wohin?« fragte Smithy. »Ins Coburn«, sagte die Frau. Sam grinste. »Schön«, sagte Smithy, »zum Coburn.« Sie fuhren durch die noch leeren Straßen. Die Sonne kam. Im Wagen war es angenehm kühl. Air-Conditioning. Im zweiten Rückspiegel, den noch Holy hatte anbringen lassen, als Sam ihn fuhr, weil Holy sich immer von van der Seelen verfolgt glaubte – na ja, so unrecht hatte Holy ja nicht gehabt –, beobachtete Smithy die Frau. Am Hals hatte sie blaue Flecken. Er mußte sie gewürgt haben, er erinnerte sich an nichts, aber wenigstens war er jetzt nüchtern, und morgen würde er mit diesem Kommunisten von einem Polizeichef reden, wie er mit van der Seelen geredet hatte, Smithy wurde gebraucht, das war ihm nun deutlich geworden. Dann hielt Sam vor dem Coburn, Hauptportal. Ein Hoteldiener riß die Tür des Cadillacs auf, die Frau stieg aus, der Hoteldiener verbeugte sich, ein zweiter verbeugte sich vor der Tür, deren Scheiben automatisch zur Seite glitten. »Donnerwetter«, staunte Sam, »ich hätte gewettet, die würden sie wieder auf die Straße setzen.« »Fahr mich nach Hause, Sam«, sagte Smithy, plötzlich todmüde, und als er seine Wohnung betreten hatte, warf er sich aufs Bett, ohne sich auszuziehen. Überall Büchergestelle, ein Schreibtisch im anderen Zimmer, und auch das dritte war mit Büchern vollgestopft, deutsche Bücher, Namen darauf, die ihm nichts sagten, Titel, die er nicht verstand. Was der Professor eigentlich getrieben hatte, wußte kein Mensch, er brauchte immer Stoff, und den Stoff hatte ihm Smithy geliefert, und als der Professor für den Stoff nicht mehr zahlen konnte, kam Smithy auf seine Idee, und so begann der Professor, für die gute Gesellschaft Leichen verschwinden zu lassen und für die weniger gute, und als der Professor zuviel Stoff erwischt hatte, übernahm Leibnitz die Arbeit, als Probe seiner Tüchtigkeit hatte er den Professor aufgelöst. Smithy schlief ein und schlief so tief, daß er lange nicht begriff, daß ihn das Telefon störte. Er warf einen Blick auf den Wecker, er hatte kaum zwei Stunden geschlafen. Es war der Polizeichef. Was er denn wolle, fragte Smithy. »Kommen Sie ins Coburn.« »Na schön«, sagte Smithy. – »Ich habe Ihnen einen Wagen geschickt.« »Nett«, sagte Smithy, tappte ins Badezimmer, fand das Waschbecken, ließ es vollaufen, tauchte das Gesicht hinein, auch das Wasser war warm, es erfrischte ihn nicht, die Stadt schien langsam ins Kochen zu geraten. An der Wohnungstüre läutete es, Smithy tauchte sein Gesicht noch einmal ins Waschbecken, wollte dann das Hemd wechseln, doch weil es immer noch läutete, ging er zur Wohnungstür. Es waren zwei Polizisten, schwitzend, ihre Hemden klebten am Körper. »Los, mitkommen!« sagte der eine zu Smithy, der andere kehrte Smithy schon den Rücken zu, um die Treppe hinunterzugehen. Er wolle noch die Kleider wechseln und sich rasieren, sagte Smithy, dem das Wasser vom Gesicht über Kittel und Hemd tropfte. »Mach keinen Unsinn und komm«, sagte der Polizist auf der Treppe und gähnte. Smithy schloß die Wohnungstür hinter sich zu, und jetzt erst wurde ihm bewußt, wie elend er sich fühlte, Kopfschmerzen, Stiche im Hinterkopf, vorher hatte er nichts gefühlt, kam es ihm vor, weder die Schmerzen noch die Hitze, nur das eklige warme Wasser im Becken. Sie zwängten ihn in einen Chevy, er mußte vorn zwischen den beiden sitzen, beim Coburn setzten sie ihn vor dem Lieferanteneingang ab. Detektiv Cover war da und ein aufgeregter, eleganter, schwarzgekleideter Mann mit einem weißen Kavalierstuch. »Das ist der Mann«, sagte Cover und deutete auf Smithy. »Friedli«, stellte sich der Mann mit dem Kavalierstuch vor, »Jakob Friedli.« Smithy verstand nicht, was er meinte, es klang wie Deutsch, offenbar hieß er so, oder es sollte guten Morgen heißen auf deutsch oder auf holländisch, es war schließlich gegen sieben morgens, und auf einmal hatte Smithy den Wunsch, den Mann zu fragen, was denn Käse auf dänisch heiße, aber dann sprach der Mann, der sich mit seinem Kavalierstuch den Schweiß abwischte, doch

Englisch. »Bitte folgen Sie mir«, sagte er. Smithy folgte ihm, der Detektiv blieb im Lieferanteneingang. »Ich bin Schweizer«, sagte der Mann mit dem Kavalierstuch, als sie einen Korridor entlangschritten, der offenbar zu den Wirtschaftsräumen führte. Smithy war es völlig gleichgültig, was der Mann war und warum er ihm sagte, was er war, er konnte seinetwegen auch Italiener sein oder Grönländer. Das sei ihm noch nie vorgekommen, noch nie, sagte der Schweizer. Smithy nickte, obgleich er sich wunderte, daß es dem Schweizer noch nie vorgekommen war, eine Leiche, mehr oder weniger legal zustande gekommen, gab es in jedem Hotel, und daß es sich um eine Leiche handeln mußte, war klar, der Polizeichef hätte Smithy sonst nicht in dieser Herrgottsfrühe herbeischleppen lassen. Sie fuhren mit einem Warenlift hoch, endlos, es war Smithy gleichgültig wohin, doch nach dem zwanzigsten Stockwerk hatte Smithy das Gefühl, daß es sich um eine verdammt noble Leiche handeln mußte. Der Lift hielt. Sie betraten eine Art Küche, wahrscheinlich ein Zubereitungsraum, wo den Speisen aus der Hauptküche der letzte Pfiff gegeben wurde, um sie den ganz noblen Herrschaften hier oben aufzutischen, wie sich Smithy ausmalte, und in diesem Zubereitungsraum oder halt in dieser Küche, mittendrin, vor einem blitzblanken Tisch, stand der Polizeichef und trank schwarzen Kaffee. »Das ist der Mann, Nick«, meinte der Schweizer. »Guten Tag, Smithy«, sagte der Polizeichef, »Du siehst miserabel aus. Willst Du auch Kaffee?« Er habe einen nötig. »Gib Smithy einen, Jack«, sagte der Polizeichef. Der Schweizer ging zu einer Anrichte, brachte Smithy eine Tasse schwarzen Kaffee, wischte sich mit seinem Kavalierstuch den Schweiß ab. Smithy war froh, daß ein so vornehmer

Mann auch schwitzte. »Überlassen Sie das Weitere mir, Jack«, sagte der Polizeichef. Der Schweizer verließ die Küche. Der Polizeichef schlürfte Kaffee. »Holy ist verschwunden.« »Möglich«, sagte Smithy. »Lag er auf Leibnitz' Seziertisch?« »Ich schau nie hin«, sagte Smithy. »Van der Seelen?« »Nicht verschwunden«, antwortete Smithy, stellte seine leere Tasse auf den blitzblanken Tisch und fragte, was Nick denn von ihm wolle. Es war das erstemal, daß er den Polizeichef Nick nannte. Den alten hatte er Dick genannt. Nick grinste, ging zur Anrichte, kam mit einer Kaffeekanne zurück. Wieviel Smithy van der Seelen abgeben müsse, fragte Nick und goß Kaffee zuerst in seine, dann in Smithys Tasse. »Zwanzig Prozent weniger als bei Holy«, sagte Smithy. »Er hatte zinnoberrote seidene Unterwäsche.« »Wer?« fragte Nick. »Holy«, antwortete Smithy. »Na ja«, meinte Nick, van der Seelen müsse sich eben erst mal richtig etablieren, und schlürfte wieder Kaffee. Dann sagte er: »Smithy, wir beide haben uns doch gestern geeinigt beim Mittagessen. Auf wieviel denn? Ich habe die ganze Abmachung vergessen.« »Auf dreißig Prozent«, sagte Smithy. »Dreißig Prozent für dich?« fragte Nick. »Dreißig Prozent für dich«, sagte Smithy. Nick schwieg, trank seinen Kaffee aus, schenkte sich wieder ein. »Smithy«, sagte er ruhig, »wir haben uns auf die Hälfte geeinigt. Dabei will ich im großen ganzen bleiben. Nur heute nicht. Heute wirst du dich mit zehn Prozent begnügen, das heißt, wenn du die Klappe hältst und van der Seelen nichts von dem erfährt, was heute vorgeht, sonst mußt du ihm ja auch noch abliefern.« Zehn Prozent, sagte Smithy, komme nicht in Frage. Er schließe seinen Laden, Nick könne sich an den Sanitätsdienst wenden. Es gehe um fünfhunderttausend, sagte Nick ruhig, das mache für Smithy fünfzigtausend. Das sei etwas anderes, sagte Smithy, da sei er einverstanden. Nick solle ihm die Leiche schicken. Nick betrachtete Smithy nachdenklich. Bei einer so hohen Summe müsse Smithy schon selber verhandeln, meinte er endlich. Smithy goß sich Kaffee ein. Verstehe, sagte er, damit sich Nick heraushalten könne. »Eben«, sagte Nick, »gehen wir.« Smithy nahm noch einen Schluck Kaffee und trat mit Nick durch eine Schiebetür. Sie kamen in einen Raum, der ähnlich war wie der, den sie verlassen hatten, nur ohne Fenster, mit einer weiteren Schiebetür, und betraten einen breiten feudalen Korridor, eigentlich mehr ein länglicher Saal, an dessen beiden Enden hinter riesigen Glaswänden der heiße Himmel wie eine Betonmauer stand. Es war angenehm kühl. Sie schritten über einen grünen Spannteppich. »Kannst du Dänisch?« »Nein«, sagte Nick, »gehen wir zum Kunden.« »Gehen wir zur Leiche«, sagte Smithy. Nick blieb stehen. »Wozu? Die wird dir geliefert!« Smithy antwortete: »Dann läßt es sich nachher besser verhandeln.« Nick klopfte ihm auf die Schulter: »Smithy, du wirst noch ein Geschäftsmann.« Sie hatten den Korridor überquert, Nick drückte auf einen Knopf. »Apartment 10«, sagte er. Ein älterer Mann öffnete, glatzköpfig, offenbar im Smoking, Smithy war nicht sicher, er kannte solche Kleidungsstücke nur vom Kino. »Wir gehen zu ihr«, sagte Nick. Der Glatzkopf antwortete nichts, trat zur Seite, ein kleiner Salon, goldfarbener Spannteppich, vornehme Möbel, wie Smithy sie bezeichnen würde, hätte er sie beschreiben sollen, dann öffnete Nick eine Tür, weiß, die Füllungen mit Gold eingefaßt, ein Schlafzimmer, ein weißer Teppich, ein weißes breites Himmelbett, der Bettgiebel vergoldet, vom Betthimmel hingen Wolken von weißen Schleiern herunter, die Nick auseinanderschob. Auf dem aufgeschlagenen, noch unbenutzten Bett lag die Frau, noch im gleichen Kleid, das sie nicht viel mehr als drei Stunden vorher getragen hatte, als sie aus dem Cadillac an den sich verbeugenden Hoteldienern vorbei ins Coburn gehuscht war. Ihre Augen waren weit geöffnet, sie schien Smithy anzustarren, wie sie ihn immer angestarrt hatte, gleichgültig und aufmerksam, ihre dunklen Haare lagen auf ihren Schultern und waren auf dem weißen Bettlaken ausgebreitet, nur ihr Hals war nun wirklich häßlich zugerichtet, da mußte sie einer weit energischer gewürgt haben als Smithy, und als Smithy die Tote anstarrte, bemerkte er verwundert, wie schön sie war. »Nutte?« fragte er, mehr um überhaupt etwas zu sagen und auf einmal verlegen, denn die Frage kam ihm, kaum hatte er sie gestellt, schmutzig vor. »Nein«, sagte Nick hinter ihm, am Fenster gelangweilt zwischen den Vorhängen durch auf die tief unten liegende Straße blickend, »sonst hätten wir nicht fünfhunderttausend verlangen können.« »Gehen wir zum Kunden«, sagte Smithy müde. Im kleinen Salon, der wahrscheinlich nur ein Vorzimmer war, wie sich Smithy überlegte, wieder geniert vom noblen Milieu, von all diesen Möbeln und Bildern, stand der Glatzkopf. Offenbar ein Butler, wie es Smithy durch den Kopf schoß, nicht unglücklich über diese Erleuchtung, er war immer froh, in verwickelten Situationen etwas Übersicht zu haben. »Schläft er?« fragte Nick. »Der Arzt ...«, wollte der Glatzkopf fortfahren. »Holen Sie ihn raus«, sagte Nick, öffnete die Tür, die gegenüber jener zum Schlafzimmer mit der Leiche lag, stieß sie auf und ging hinein. Smithy folgte ihm. Ein großer Raum, vor der Fensterfront eine Terrasse, ein Schreibtisch. Nick flegelte sich in einen Riesensessel. »Setz dich, Smithy«, sagte er und wies auf einen anderen Sessel. Smithy setzte sich, es war ihm unangenehm, daß er nicht rasiert war. »Der Arzt«, begann der Glatzkopf wieder. »Es gibt Schwierigkeiten«, sagte Nick. »Sehr wohl«, sagte der Glatzköpfige, öffnete eine Tür hinter dem Schreibtisch. »Nun, Smithy«, sagte Nick, »jetzt kommt deine große Stunde.« »Wo sind wir hier?« fragte Smithy. Nick räkelte sich in seinem Riesensessel, versank in ihm, legte die Beine auf den gepolsterten Hocker, die gespreizten Fingerspitzen aufeinander, setzte die Daumen auf die Brust, massierte mit seinen beiden Zeigefingerkuppen die Nase und betrachtete Smithy belustigt. »Zeitunglesen ist wohl nicht deine Sache?« sagte er. »Nein«, antwortete Smithy. »Von Politik keinen Schimmer?« Er interessiere sich nur für Eishockey, antwortete Smithy. Nick schwieg, dann meinte er, für Eishockey sei jetzt keine geeignete Jahreszeit. Überhaupt hasse er den Sommer, sagte Smithy, legte nun auch die Beine auf den Hocker vor ihm. »Außerordentliche UNO-Vollversammlung«, sagte Nick. »Und?« fragte Smithy. »Nur so«, sagte Nick und schwieg wieder. Die Tür hinter dem Schreibtisch öffnete sich, den Mann erkannte Smithy sofort, das heißt, er wußte zwar nicht, wer der Mann war, aber er hatte ihn schon oft im Fernsehen gesehen. Smithy dachte nach, er kam nicht darauf, jedenfalls mußte der Mann in seinem eleganten Pyjama irgend jemand aus Europa sein, irgendein Regierungschef oder Ministerpräsident oder Außenminister oder sonst irgend jemand Wichtiges, enorm berühmt, ein Mann, der Smithy nur flüchtig mit einem

Blick streifte, als ob Smithy überhaupt niemand wäre, so gleichgültig, wie ihn die Frau diese Nacht betrachtet hatte, aber nicht so aufmerksam, sondern überhaupt nicht, mit einem Blick, der Smithy plötzlich in Wut versetzte, ohne daß Smithy diese Wut erklären konnte, aber er preßte nun auch die Fingerspitzen aufeinander, nahm auf einmal die Haltung ein, die Nick in seinem Riesensessel eingenommen hatte, bevor der Mann erschienen war, dieser Mann, der so gelassen, so erhaben war, wie der liebe Gott persönlich, für den Smithy eben bloß eine Laus darstellte, noch weniger, eine Laus war Smithy ja schon für Nick, aber Smithy wußte nicht, was noch weniger als eine Laus war, was er doch für den lieben Gott darstellen mußte. »Schwierigkeiten?« fragte der Himmelsvater Nick, der sich erhoben hatte. »Schwierigkeiten, der Mann macht Schwierigkeiten.« »Der da?« fragte der Herr-o-mein-Gott in seinem weinroten Schlafanzug, ohne einen zweiten Blick auf Smithy zu werfen. »Der da«, sagte Nick, die Hände in den Hosentaschen. »Was will er denn?« fragte der Herr der Heerscharen. Smithy hatte sich all die Gottesnamen unwillkürlich gemerkt, die Holy zu zitieren pflegte, sie schossen nun aus seinem Gedächtnis, aber er unterdrückte den Wunsch, den Herrgott zu fragen, ob er denn Dänisch könne. »Weiß nicht«, sagte Nick. Der Herr des Himmels und der Erden setzte sich hinter den Schreibtisch, spielte mit einem goldenen Kugelschreiber. »Nun?« fragte er. »Wer ist die Leiche?« fragte Smithy. Jahwe schwieg, spielte weiter mit dem goldenen Kugelschreiber, blickte erstaunt zu Nick hinüber, der hinter dem Sessel stand, in dem er vorher gesessen hatte. Nick wandte sich Smithy zu, verblüfft, aber dann plötzlich belustigt, als sei ihm ein

Licht aufgegangen. »Ihre Tochter?« fragte Smithy. Der Herr Zebaoth legte den goldenen Kugelschreiber auf den Schreibtisch zurück, nahm aus einer grünen Schachtel eine gedrungene, flache Zigarette, zündete sie mit einem goldenen Feuerzeug an. »Wozu diese Fragen?« sagte er, Smithy immer noch keinen Blick schenkend. »Ich muß wissen, ob ich die Leiche verschwinden lassen will«, sagte Smithy. »Nennen Sie Ihren Preis, dann wissen Sie es«, antwortete Jehova gelangweilt. Smithy blieb hartnäckig. Er könne den Preis erst nennen, wenn er wisse, wer die Leiche sei, behauptete er, durchaus zur Erheiterung Nicks, wie Smithy spürte, und nun blickte ihn Gott der Allmächtige zum erstenmal wirklich an, nahm endgültig Notiz von ihm, einen Moment ärgerlich, ja zornig, als wolle er Smithy im nächsten Augenblick mit einem Blitzstrahl entzweispalten, aber weil er ja kein Gott war, sondern wie Smithy bloß ein Mensch, wenn auch ein ungleich wichtigerer, gesellschaftlich, geschichtlich, auch in Hinsicht auf Bildung, Vermögen und überhaupt, blieb die Wut im berühmten, vielleicht etwas zu aufgedunsenen Gesicht des doch eher dünneren Repräsentanten der Geschichte im weinroten Pyjama hinter dem Schreibtisch nur sekundenlang, genauer, den Bruchteil einer Sekunde lang sichtbar, noch genauer, ahnbar, und dann lächelte er Smithy geradezu freundlich an: »Die Leiche ist meine Frau.« Smithy studierte das aufgedunsene rote Gesicht des berühmten Mannes hinter dem Schreibtisch und kam immer noch nicht darauf, wessen Landes Staatspräsident oder Ministerpräsident oder Außenminister oder Kanzler oder Vizekanzler er war oder wie der Job auch hieß, wenn er überhaupt ein Politiker war und nicht ein berühmter Großindustrieller oder Bankier oder vielleicht nur ein Schauspieler, der in einem Film einen Staatspräsidenten oder Außenminister gespielt hatte, weshalb ihn Smithy jetzt verwechselte, aber es war Smithy plötzlich gleichgültig, der hinter dem Schreibtisch war der Mann der Frau, mit der Smithy geschlafen hatte, kaum eine Stunde vor dem Morgen, der sich hinter den großen Fenstern nun schon wieder zu einer blendend weißen Wolke verdichtete, in die zu tauchen es höllischer noch als tags zuvor sein würde. »Wer hat sie getötet?« fragte Smithy mechanisch. »Ich«, antwortete der Mann hinter dem Schreibtisch gelassen. »Weshalb?« fragte Smithy. Der hinter dem Schreibtisch schwieg, rauchte. »Sie wollen mich wohl verhören?« stellte er fest. »Ich muß mich entscheiden«, sagte Smithy. Der Typ im weinroten Pyjama ließ die Zigarette in einem runden Emailaschenbecher verschwinden, öffnete die grüne Schachtel, zündete sich eine neue Zigarette an, alles ohne Hast, ohne Verlegenheit, irgend etwas nachsinnend, sich dann Smithy zuwendend. »Ich habe die Nerven verloren«, sagte er dann, lächelte und schwieg, betrachtete Smithy plötzlich neugierig. »Meine Frau«, fuhr er fort, sorgfältig ein Wort um das andere wählend, in seinem Schulbuchenglisch, das Smithy nur von englischen Filmen her kannte, das vielleicht auch gar kein Schulbuchenglisch war, sondern ein Englisch, von irgendeiner europäischen Sprache grob verfärbt, das sich aber natürlich gegenüber dem Englisch, das Smithy sprach, wie klassisches Englisch ausnahm, wie sich Smithy plötzlich bewußt wurde, er wußte nicht, warum er sich darüber ärgerte. »Meine Frau verließ vor zwei Tagen dieses Haus. Sie schlief seitdem wahllos mit vielen Männern, sagte sie, als sie diesen Morgen ins Hotel zurückkehrte. Kurz nach vier. Oder gegen halb fünf.«

Der Kerl hinter dem Schreibtisch beobachtete Smithy amüsiert, und Smithy dachte, eigentlich hätte er sich Holy auch so vornehm wie diesen da hinter dem Schreibtisch vorstellen können, und so eine Visage wie diese da, rot und aufgedunsen über dem weinroten Pyjama, gäbe es tausendfach. »Deshalb haben Sie Ihre Frau erwürgt«, stellte Smithy fest. Sie müsse ihm doch aus irgendeinem Grunde davongelaufen sein. Die Type hinter dem Schreibtisch lächelte. »Sie wollte mich bloß ärgern«, sagte er. »Und es ist ihr gelungen. Ich habe mich geärgert. Zum erstenmal in meinem Leben.« Die Visage hinter dem Schreibtisch kam Smithy ekelhaft vor. »Zum erstenmal in meinem Leben«, wiederholte er, gähnte und fragte: »Wieviel?« »Fünfhunderttausend hat er mir gesagt«, antwortete Nick anstelle Smithys. »Gehen Sie nicht darauf ein, eine Schweinerei, ich werde den Scheißkerl verhaften lassen.« »Schön«, sagte die schäbige Ratte hinter dem Schreibtisch, »fünfhunderttausend.« »Wenn Sie durchaus wollen«, sagte Nick, »bin ich machtlos.« »Nein«, sagte Smithy. »Eine Million«, lächelte die lausige Wanze im weinroten Pyjama, Nick starrte sie verdattert an, strahlte. »Ihre Frau lasse ich gratis verschwinden«, sagte Smithy zur schäbigen Laus hinter dem Schreibtisch, ohne recht zu wissen, was er sagte, während er an die Tote dachte, vielleicht acht, neun, zehn Meter von ihm entfernt hinter den Wänden auf den Laken des Himmelbetts. Er dachte an ihre Schönheit und wie sie ihn mit ihren toten Augen angestarrt hatte, und dann sagte er, indem er sich erhob: »Von Ihnen nehme ich nichts!« Er verließ das große Zimmer, das Apartment, schaute sich in der Halle mit dem grünen Teppich kurz um, der Schweizer mit dem lächerlichen Kavalierstuch kam auf ihn zu, begleitete ihn zum Warenaufzug. Smithy fuhr hinunter, im Lieferanteneingang stand immer noch Cover, wischte sich den Schweiß ab. »Nick kann mir die Ware zuschicken«, sagte Smithy, während er in die unbarmherzige Hitze hineinschritt, die sich in der Straßenschlucht staute, aber Smithy war alles gleichgültig, die ungeheure Sonne über der Riesenstadt, die Riesenstadt und die Menschen, die sich in ihr bewegten, der Dampf, der aus den Kanalisationsdeckeln quoll, die kriechenden, stinkenden Wagenkolonnen, er ging und ging, ob durch die Fünfte Straße, durch die Madison, Park oder Lexington Avenue oder durch die Dritte, Zweite oder Erste Straße, er wußte es nicht, er ging, trank irgendwo ein Bier, aß in einem schmierigen Drugstore, er wußte nicht was, saß lange im Park auf einer Bank, er wußte nicht wie lange, einmal saß eine junge Frau neben ihm, einmal eine alte Frau, dann kam es ihm vor, als hätte jemand neben ihm Zeitung gelesen, es war ihm gleichgültig, er dachte nur an die Tote, wie sie am frühen Morgen ins Coburn gegangen war, an den Hoteldienern vorbei, wie er sie beobachtet hatte im Rückspiegel des Cadillac, wie sie oben in der Tür des Sezierraums mit der linken Schulter an dem Pfosten gelehnt hatte, wie sie auf Leibnitz' Matratze nackt gewesen war, wie sie sich ihm hingegeben, wie sie ihn im Lift angestarrt hatte und wie er nichts begriffen hatte. Eine wilde Zärtlichkeit war in ihm und ein wilder Stolz, Smithy war ihrer würdig, er hatte es dem dreckigen lieben Gott hinter dem Schreibtisch gezeigt, wie sie es ihm gezeigt hatte, und dann war es plötzlich Nacht. Die Straßenlampen brannten, und wahrscheinlich war die Nacht noch heißer, noch höllischer als der Tag zuvor und die Nacht zuvor und als der

Tag gewesen war, der nun in die Nacht geglitten war, die ihn umgab, aber er achtete nicht darauf. Er tat alles ohne zu wissen, in Gedanken an die Frau, von der er nichts wußte, keinen Namen, keinen Vornamen, nichts, eigentlich nur, wie sie als Tote aussah, aber er hatte sie geliebt, und als er in Leibnitz' Sezierraum stand, war alles schon vorüber, nur das Kleid der Toten lag über der Lehne des Stuhls, fein säuberlich zusammengefaltet, wie das nun einmal Leibnitz' Gewohnheit war. Smithy nahm das Kleid. Er fuhr mit dem Lift in Leibnitz' Zimmer, aber Leibnitz war auch hier nicht, Leibnitz mußte ausgegangen sein, was doch sonst um diese Zeit nie der Fall war, aber schon im Lift hatte Smithy gewußt, daß er die dreckige, dunkle, dumpfe Bude leer finden würde. Smithy ließ die Tür zum Lift offen, das Licht vom Lift fiel auf ihn, er setzte sich auf die Matratze, mit dem Rücken gegen die Wand gelehnt, auf seinem Schoß lag das Kleid der Frau, die nun tot war, die er auf dieser Matratze geliebt hatte, ohne daß er sich daran erinnern konnte, im Rechteck des Fensters undeutliches Licht, der Lift fuhr hinunter, nur das unbestimmte Licht im Fenster blieb, Smithy fühlte nichts als den Stoff des Kleides, über das seine Hände fuhren, ein leichter Fetzen, mehr nicht. Auf einmal war der Lift wieder da, ein Schatten schob sich zwischen sein Licht und Smithy, füllte die Türe, plötzlich wurde es grell im Zimmer, van der Seelen hatte das Licht angedreht, und hinter van der Seelen war Sam. Smithy schloß die Augen, das Licht blendete ihn, und seine Hände streichelten das Kleid. »Du hast das Geschäft Deines Lebens vermasselt«, sagte van der Seelen nicht einmal sonderlich verärgert, mehr erstaunt, und Smithy antwortete stolz: »Nicks Geschäft«, worauf van der Seelen zur Seite trat. Sam hielt etwas in den Händen, das auf Smithy keinen Eindruck mehr machte, er fürchtete sich nicht vor dem, was Sam nun tun mußte, und als es Sam getan hatte, meinte van der Seelen, schon im Lift und jetzt doch etwas verärgert: »Schade um meine Prozente.«

Das Sterben der Pythia

1976

Die delphische Priesterin Pannychis XI, wie die meisten ihrer Vorgängerinnen lang und dürr, hatte, verärgert über den Unfug ihrer Orakelsprüche und über die Leichtgläubigkeit der Griechen, den Jüngling Ödipus angehört; wieder einer, der danach fragte, ob seine Eltern seine Eltern seien, als wäre das in aristokratischen Kreisen so einfach zu entscheiden, wirklich, gab es doch Eheweiber, die angaben, Zeus selbst habe ihnen beigewohnt, und Ehemänner, die das sogar glaubten. Zwar hatte die Pythia in solchen Fällen, da die Fragenden ohnehin schon zweifelten, einfach geantwortet: teils – teils, aber heute war ihr das Ganze zu dumm, vielleicht nur, weil es schon nach fünf war, als der bleiche Jüngling angehumpelt kam, eigentlich hätte sie das Heiligtum schließen müssen, und so prophezeite sie ihm denn, sei es, um ihn von seinem Aberglauben an die Orakelkunst zu heilen, sei es, weil es ihr in einer boshaften Laune gerade einfiel, den blasierten Prinzen aus Korinth zu ärgern, etwas möglichst Unsinniges und Unwahrscheinliches, von dem sie sicher war, daß es nie eintreffen würde, denn, dachte Pannychis, wer wäre auch imstande, seinen eigenen Vater zu ermorden und seiner eigenen Mutter beizuschlafen – die inzestbeladenen Götter- und Halbgöttergeschichten hielt sie ohnedies für Märchen. Zwar beschlich sie ein leises Unbehagen, als der linkische Prinz aus Korinth auf ihr Orakel hin erbleichte, sie bemerkte es, obgleich sie auf ihrem Dreifuß von Dämpfen umhüllt war – der junge Mann mußte wirklich außerordentlich leichtgläubig sein. Als er sich dann behutsam aus dem Heiligtum zurückgezogen und beim Oberpriester Merops XXVII bezahlt hatte, der bei Aristokraten persönlich kassierte, schaute Pannychis Ödipus noch einen Augenblick lang nach, kopfschüttelnd, weil der junge Mann nicht den Weg nach Korinth einschlug, wo doch seine Eltern wohnten; daß sie mit ihrem scherzhaften Orakel vielleicht irgendein Unheil angestiftet haben könnte, verdrängte sie, und indem sie dieses ungute Gefühl verdrängte, vergaß sie Ödipus.

Alt, wie sie war, schleppte sie sich durch die endlosen Jahre, ständig im Hader mit dem Oberpriester, der ein Heidengeld mit ihr verdiente, weil ihre Orakel immer übermütiger ausfielen. Sie glaubte nicht an ihre Sprüche, vielmehr wollte sie mit ihrer Orakelei jene verspotten, die an sie glaubten, so daß sie bei den Gläubigen nur einen immer unbedingteren Glauben erweckte. Pannychis orakelte und orakelte, an eine Pensionierung war nicht zu denken. Merops XXVII war überzeugt, je älter und geistesschwacher eine Pythia sei, um so besser, und am besten eine sterbende, die prächtigsten Orakel habe die Vorgängerin der Pannychis, Krobyle IV, sterbend produziert. Pannychis nahm sich vor, nichts zu orakeln, wenn es einmal so weit wäre, wenigstens sterben wollte sie würdig, ohne Unsinn zu treiben; daß sie ihn jetzt noch treiben mußte, war entwürdigend genug. Dazu kamen die tristen Arbeitsbedingungen. Das Heiligtum war feucht und zugig. Von außen sah es prächtig aus, reinster frühdorischer Stil, innen war es eine schäbige, schlecht abgedichtete Kalksteinhöhle. Pannychis' einziger Trost war, daß die Dämpfe, die aus der Felsspalte unter dem Dreifuß heraufquollen, den Rheumatismus linderten, den die Zugluft verursachte. Was in Griechenland vorging, kümmerte sie längst nicht mehr; ob es in Agamemnons Ehe kriselte oder nicht, war ihr gleichgültig; mit wem es Helena wieder trieb, egal; sie orakelte blind drauflos, und weil man ihr ebenso blind glaubte, störte es niemanden, daß das Prophezeite nur selten eintraf und, traf es doch einmal ein, auch gar nicht anders hätte eintreffen können: Bei den Bärenkräften des Herkules etwa gab es für den Helden, der keinen Gegner fand, weil niemand ihm gewachsen war, keinen anderen Ausweg, als sich zu verbrennen, und das nur, weil ihm die Pythia den Floh ins Ohr gesetzt hatte, er werde nach seinem Tode unsterblich; ob er es dann wirklich wurde, war gänzlich unkontrollierbar. Und die Tatsache, daß Jason Medea überhaupt geheiratet hatte, erklärte hinreichend, warum er seinem Leben schließlich ein Ende setzte, hatte doch, als er mit seiner Braut in Delphi erschien, um das Orakel des Gottes zu erflehen, die Pythia blitzartig instinktiv geantwortet, er solle sich lieber in sein Schwert stürzen, als ein solches Vollweib zur Frau nehmen. Unter diesen Umständen war der Aufschwung des delphischen Orakels nicht mehr aufzuhalten, auch wirtschaftlich nicht. Merops XXVII plante kolossale Neubauten, einen riesigen Apollotempel, eine Musenhalle, eine Schlangensäule, verschiedene Banken und sogar ein Theater. Er verkehrte nur noch mit Königen und Tyrannen; daß sich nach und nach die Pannen häuften, daß der Gott immer nachlässiger zu werden schien, beunruhigte ihn längst nicht mehr. Merops kannte seine Griechen, je toller das Zeug war, das die Alte zusammenschwafelte, um so besser, sie war ohnehin nicht mehr vom Dreifuß herunterzubringen und dämmerte in den Dämpfen vor sich hin, in ihren schwarzen Mantel gehüllt. Wurde das Heiligtum geschlossen, saß sie noch eine Weile vor dem Seitenportal, hinkte dann ins Innere ihrer Hütte, kochte sich einen Brei, ließ ihn stehen, schlief ein. Jede Änderung in ihrem Tagesablauf war ihr verhaßt. Nur unwillig erschien sie bisweilen im Büro Merops XXVII, brummend und knurrend, ließ sie der Oberpriester doch nur rufen, wenn für einen seiner Klienten irgendein Seher ein von ihm formuliertes Orakel verlangte. Pannychis haßte die Seher. Wenn sie auch nicht an die Orakel glaubte, so sah sie in ihnen doch nichts Unsauberes, die Orakel waren für sie ein von der Gesellschaft verlangter Blödsinn; aber die von den Sehern formulierten Orakel, die sie auf deren Bestellung hin orakeln mußte, waren etwas ganz anderes, sie verfolgten einen bestimmten Zweck, da steckte Korruption dahinter, wenn nicht gar Politik; und daß Korruption und Politik dahintersteckten, dachte sie an jenem Sommerabend sofort, als Merops, sich hinter seinem Schreibtisch räkelnd, ihr auf seine stinkfreundliche Art erklärte, der Seher Tiresias habe einen Wunsch.

Pannychis erhob sich, kaum hatte sie Platz genommen, und erklärte, sie wolle mit Tiresias nichts zu tun haben, sie sei zu alt und zu textunsicher, um noch Orakel auswendig zu lernen und zu rezitieren. Adieu. Moment, sagte Merops, Pannychis nacheilend und sie zwischen Tür und Angel stellend, Moment, es sei ganz unnötig, sich aufzuregen, auch ihm sei der Blinde unangenehm, Tiresias sei Griechenlands größter Intrigant und Politiker und, bei Apoll, korrupt bis auf die Knochen, aber er zahle nun einmal am besten, und was er verlange, sei vernünftig, in Theben sei wieder einmal die Pest ausgebrochen. Die breche in Theben immer wieder aus, knurrte Pannychis; wenn man die hygienischen Verhältnisse um die Burg Kadmeia herum in Betracht ziehe, sei das auch kein Wunder, die Pest sei in Theben sozusagen endemisch. Sicher, beschwichtigte Merops XXVII Pannychis XI, Theben sei grausig, ein schmutziges Nest in jeder Beziehung, nicht umsonst gehe die Sage um, selbst die Adler des Zeus seien nur mühsam imstande, Theben zu überfliegen, mit nur einem Flügel flatternd, weil sie sich mit dem anderen die Nasenlöcher zuhielten, und die Verhältnisse am Königlichen Hofe – na ja. Tiresias schlage vor, seinem Klienten, der morgen vorsprechen werde, zu orakeln, die Pest verschwinde erst, wenn der Mörder des thebanischen Königs Laios entdeckt sei. Pannychis wunderte sich, das Orakel war banal, Tiresias mußte senil geworden sein. Nur der Form halber fragte sie noch, wann denn der Mord begangen worden sei. Irgendwann, vor Jahrzehnten, ohne Bedeutung, finde man den Mörder, gut, meinte Merops, finde man ihn nicht, auch gut, die Pest gehe ohnehin vorüber, und die Thebaner würden glauben, die Götter hätten, um ihnen zu helfen, den Mörder irgendwo in der Einsamkeit, wohin er sich verkrochen, zerschmettert und so die Gerechtigkeit eigenhändig hergestellt. Die Pythia, froh, wieder in ihre Dämpfe zu kommen, fauchte, wie denn der Klient des Tiresias heiße.

»Kreon«, sagte Merops XXVII.

»Nie gehört«, sagte Pannychis. Er auch nicht, bestätigte Merops.

»Wer ist der König von Theben?« fragte die Pythia.

»Ödipus«, antwortete Merops XXVII.

»Auch nie gehört«, entgegnete Pannychis XI, die sich wirklich nicht mehr an Ödipus erinnerte.

»Ich auch nicht«, bestätigte Merops, froh, die Alte loszuwerden, und übergab ihr den Zettel mit dem von Tiresias kunstvoll formulierten Orakel.

»Jamben«, seufzte sie noch, einen Blick auf den Zettel werfend, »natürlich, das Dichten kann er nie lassen.«

Und als am anderen Tag, kurz vor Schließung des Heiligtums, die Pythia, auf dem Dreifuß hin und her wiegend, wohlig in die Dämpfe gehüllt, eine schüchterne, lammfromme Stimme vernahm, die Stimme eines gewissen Kreon aus Theben, sagte sie den Spruch auf, nicht ganz so flüssig wie früher, einmal mußte sie sogar von vorn beginnen:

»Mit klarem Wort gebietet dir Apoll, die Blutschuld, die in diesem Lande wuchert, unheilbar – mit klarem Wort gebietet dir Apoll, die Blutschuld, die in diesem Lande wuchert, unheilbar nicht zu machen: auszutreiben. Ihn zu verbannen oder Blut mit Blut zu sühnen. Blut befleckt das Land. Für Laios' Tod heißt Phoibos Rache nehmen an seinen Mördern. Das ist sein Befehl.«

Die Pythia schwieg, froh, mit dem Text über die Runde gekommen zu sein, das Versmaß war nicht unkompliziert, sie war plötzlich stolz, ihren Hänger hatte sie schon vergessen. Der Thebaner – wie hieß er doch? – hatte sich längst davongemacht, Pannychis dämmerte wieder vor sich hin.

Manchmal trat sie vor das Heiligtum. Vor ihr ein ausgedehnter Bauplatz, der Apollotempel, weiter unten standen schon drei Säulen der Musenhalle. Die Hitze war unerträglich, aber ihr fröstelte. Diese Felsen, diese Wälder, dieses Meer – alles Schwindel, ein Traum von ihr, einmal würde dieser Traum vorüber und alles würde nicht mehr sein, sie wußte, alles war erstunken und erlogen, sie, die Pythia, die man als Priesterin Apolls ausgab und die doch nichts als eine Schwindlerin war, die nach Launen Orakel zusammenphantasierte. Und nun war sie sehr alt geworden, steinalt, uralt, wie alt, wußte sie nicht. Die Alltagsorakel gab die Nachwuchs-Pythia ab, Glykera V; Pannychis hatte die ewigen Dämpfe satt, hin und wieder, na gut, einmal wöchentlich, bei einem zahlungskräftigen Prinzen oder bei einem Tyrannen, setzte sie sich noch auf den Dreifuß, orakelte, auch Merops hatte ein Einsehen.

Und wie sie so in der Sonne saß, die ihr wohltat, so daß sie die Augen schloß, um die delphische Kitschlandschaft nicht mehr zu sehen, vor dem Seitenportal des Heiligtums an die Mauer gelehnt, in sich versunken, der halbfertigen Schlangensäule gegenüber, fühlte sie plötzlich, daß etwas vor ihr stand, wohl schon seit Stunden, etwas, das sie herausforderte, das sie anging, und als sie die Augen öffnete, nicht sofort, sondern zögernd, war ihr, als ob sie erst lernen müsse zu sehen, und als sie endlich sah, nahm sie eine ungeheure Gestalt wahr, die sich auf eine andere nicht minder ungeheure Gestalt stützte, und während Pannychis XI schärfer hinblickte, sanken die ungeheuren Gestalten auf Menschenmaß zusammen, und sie erkannte einen zerlumpten Bettler, der sich auf eine zerlumpte Bettlerin stützte. Die Bettlerin war ein Mädchen. Der Bettler glotzte Pannychis an, aber er hatte keine Augen, an Stelle der Augen waren Löcher, gefüllt mit schwarzem, verkrustetem Blut.

»Ich bin Ödipus«, sagte der Bettler.

»Ich kenne dich nicht«, antwortete die Pythia und

blinzelte in die Sonne, die über diesem blauen Meer nicht untergehen wollte.

»Du hast mir geweissagt«, keuchte der Blinde.

»Möglich«, sagte Pannychis XI, »ich habe Tausenden geweissagt.«

»Dein Orakel ging in Erfüllung. Ich habe meinen Vater Laios getötet und meine Mutter Iokaste geheiratet.«

Pannychis XI betrachtete den Blinden, dann das zerlumpte Mädchen, verwundert überlegend, was das denn alles zu bedeuten habe, noch ohne Erinnerung.

»Iokaste hat sich erhängt«, sagte Ödipus leise.

»Wer?« fragte Pannychis.

»Meine Frau und Mutter«, antwortete Ödipus.

»Tut mir leid, kondoliere.«

»Und dann habe ich mich selbst geblendet.«

»So, so«, und dann deutete die Pythia auf das Mädchen. »Wer ist denn die?« fragte sie, nicht aus Neugier, sondern nur um etwas zu sagen.

»Meine Tochter Antigone«, antwortete der Geblendete, »oder meine Schwester«, fügte er verlegen hinzu, und erzählte eine verworrene Geschichte.

Die Pythia, die Augen nun weit geöffnet, hörte nur flüchtig zu, starrte auf den Bettler, der vor ihr stand, auf seine Tochter und Schwester zugleich gestützt, und hinter ihm waren die Felsen, die Wälder, weiter unten das angefangene Theater, endlich das unerbittlich blaue Meer, und hinter allem der eherne Himmel, diese grelle Fläche des Nichts, in das, um es auszuhalten, die Menschen alles mögliche projizierten, Götter und Schicksale, und als ihr die Zusammenhänge aufgingen, als sie sich mit einem Mal erinnerte, daß sie mit ihrem Orakel doch nur einen ungeheuerlichen Witz hatte machen wollen, um

Ödipus den Glauben an das Orakel für immer auszutreiben, begann Pannychis XI plötzlich zu lachen, ihr Lachen wurde immer unermeßlicher, und sie lachte noch, als der Blinde mit seiner Tochter Antigone schon längst davongehumpelt war. Doch ebenso plötzlich, wie sie zu lachen begonnen hatte, verstummte die Pythia, alles konnte nicht Zufall sein, fuhr es ihr durch den Kopf.

Die Sonne ging hinter dem Bauplatz des Apollotempels unter, kitschig wie eh und je, sie haßte die Sonne; die sollte man einmal untersuchen, dachte sie, das Märchen mit dem Sonnenwagen und den Sonnenrossen war doch allzu lächerlich, sie wette: nichts als eine Masse von stinkenden, feurigen Gasen. Pannychis ging zum Archiv, sie humpelte. Wie Ödipus, fuhr es ihr durch den Sinn. Sie blätterte im Orakelbuch, suchte, alle vom Heiligtum herausgegebenen Orakel waren hier verzeichnet. Sie stieß auf ein Orakel, verkündet einem gewissen Laios, König von Theben: Werde ihm ein Sohn geboren, werde dieser ihn ermorden.

»Ein Abschreckorakel«, überlegte die Pythia, »da muß meine Vorgängerin dahinterstecken, Krobyle IV«, Pannychis kannte deren Nachgiebigkeit gegenüber den Wünschen der Oberpriester. Sie forschte in der Buchhaltung und fand einen Beleg über fünftausend Talente, gezahlt von Menoikeus, dem Drachenmann, dem Schwiegervater des Königs von Theben, Laios, mit der flüchtigen Anmerkung: »Für ein Orakel hinsichtlich Laios' Sohn, formuliert von Tiresias.« Die Pythia schloß die Augen, blind sein wie Ödipus war das beste. Sie saß im Archiv am Lesetisch und dachte nach. Ihr wurde klar: War ihr Orakel ein grotesker Zufallstreffer, so hatte einst Krobyle IV geweissagt, um Laios zu hindern, einen Sohn und damit einen Nachfolger zu zeugen; sein Schwager Kreon sollte dessen Nachfolge antreten. Das erste Orakel, das Laios bewog, Ödipus auszusetzen, kam durch Korruption zustande, das zweite traf durch Zufall ein, und das dritte, das die Untersuchung des Falles in Gang setzte, hatte wiederum Tiresias formuliert. »Um Kreon auf den Thron Thebens zu bringen – ich bin sicher, daß er jetzt darauf sitzt«, dachte sie. »Aus lauter Nachgiebigkeit Merops gegenüber habe ich das von Tiresias formulierte Orakel geweissagt«, murmelte Pannychis wütend, »und auch noch in miserablen Jamben, ich bin noch schlechter als Krobyle IV, die orakelte wenigstens nur in Prosa.«

Sie erhob sich vom Lesetisch und verließ das verstaubte Archiv, so lange hatte niemand mehr in ihm gestöbert, wer kümmerte sich schon darum, im Delphischen Orakel herrschte eine legere Schlamperei. Doch nun sollte ja auch das Archiv umgebaut werden, ein pompöser Neubau an die Stelle der alten Steinhütte treten, auch war schon eine Priesterschaft des Archivs geplant, um die legere durch eine stramm organisierte Schlamperei zu ersetzen.

Die Pythia sah über die nächtlichen Bauplätze, Quader und Säulen lagen herum, es war, als blicke sie über Ruinen; einmal würden hier nur Ruinen sein. Der Himmel war eins mit Felsen und Meer, im Westen stand ein heller roter Stern über einer schwarzen Wolkenbank, böse und fremdartig. Es war ihr, als ob Tiresias herüberdrohe, Tiresias, der ihr immer wieder seine strategischen Orakel aufgezwungen hatte, auf die er als Seher so stolz war, und die doch ebenso dummes Zeug waren wie ihre eigenen Orakel, Tiresias, der noch älter war als sie, der schon gelebt hatte, als Krobyle IV die Pythia war und vor

Krobyle Melitta und vor dieser Bakchis. Auf einmal, als sie über den maßlosen Bauplatz des Apollotempels humpelte, wußte die Pythia, daß es ans Sterben ging, es war auch höchste Zeit. Sie schmiß den Stock an die halbfertige Schlangensäule, auch so ein Kitschmonument, und humpelte nicht mehr. Sie betrat das Heiligtum: Sterben war feierlich. Sie war gespannt, wie denn das Sterben wohl vor sich ginge: Ihr war abenteuerlich zumute. Sie ließ das Hauptportal offen, setzte sich auf den Dreifuß und wartete auf den Tod. Die Dämpfe, die aus der Felsspalte stiegen, hüllten sie ein, Schwaden um Schwaden, leicht rötlich, und durch ihre Schleier sah sie das grauhelle Licht der Nacht, das durch das Hauptportal drang. Sie spürte den Tod näherrücken, ihre Neugier wuchs.

Zuerst tauchte ein finsteres, zusammengedrängtes Gesicht auf, schwarzhaarig, niedere Stirn, stumpfe Augen, ein erdiges Gesicht. Pannychis blieb ruhig, es mußte sich um einen Vorboten des Todes handeln; doch plötzlich wußte sie, daß es das Gesicht des Menoikeus war, des Drachenmannes. Das dunkle Gesicht sah sie an. Es redete zu ihr oder vielmehr es schwieg, aber so, daß die Pythia den Drachenmann begriff.

Er war ein Kleinbauer gewesen, untersetzt, er war nach Theben gezogen, hatte hart gearbeitet, als Taglöhner zuerst, dann als Vorarbeiter, endlich als Bauunternehmer, und als er den Auftrag zugeschanzt bekam, die Burg Kadmeia umzubauen, war sein Glück gemacht: Bei den Göttern, das wurde eine Burg! Daß er sein Glück nur seiner Tochter Iokaste verdanke, war übles Gerede; sicher, der König Laios hatte sie geheiratet, aber Menoikeus war nicht irgendwer, er stammte von den Drachenmännern ab, die aus dem lehmigen Boden Thebens gewachsen waren, in den Kadmos die Zähne des erschlagenen Drachen gesät hatte. Zuerst waren nur die Speerspitzen sichtbar gewesen, dann die Helmbüsche, dann die Köpfe, die sich haßerfüllt anspieen; als die Drachenmänner bis zur Brust aus dem Lehmboden gewachsen waren, schlugen sie aufeinander ein, rüttelten an den Speeren, die noch halb in der Erde steckten, und endlich aus den Furchen entlassen, in die sie gesät worden waren, fielen sie sich an wie Raubtiere; aber Menoikeus' Urgroßvater Udaios hatte den mörderischen Kampf überlebt und auch den Felsen, den Kadmos auf die sich niedermetzelnden Drachenmänner schmetterte. Menoikeus glaubte an die alten Geschichten, und weil er an sie glaubte, haßte er Laios, diesen dünkelhaften Aristokraten, der sein Geschlecht aus der Ehe des Kadmos mit der Harmonia herleitete, der Tochter des Ares und der Aphrodite, na ja, es mußte eine Bombenhochzeit gewesen sein – aber vorher hatte Kadmos den Drachen getötet und dessen Zähne gesät, das stand fest: Menoikeus der Drachenmann fühlte sich über Laios den König erhaben, die Zeugung seines Geschlechts war die ältere und die wunderbarere, Harmonia samt Ares und Aphrodite hin oder her, und als Laios Iokaste heiratete, das stolze helläugige Mädchen mit den wilden roten Haaren, dämmerte in Menoikeus die Hoffnung, er oder wenigstens sein Sohn Kreon könnten einmal zur Herrschaft kommen, Kreon, der schwarzhaarige, finstere, pockennarbige, vor dessen leiser Stimme die Arbeiter auf dem Bau gezittert hatten und vor der nun die Soldaten zitterten, denn jetzt war Kreon, der Schwager des Königs, Oberbefehlshaber der Armee. Nur die Palastwache war ihm nicht unterstellt. Doch Kreon hatte etwas entsetzlich Treues, er war stolz auf seinen Schwager Laios, ja sogar dankbar, und er hing an seiner Schwester, er hatte sie immer in Schutz genommen, trotz der häßlichen Gerüchte, die umliefen; so kam es nie zu einer Revolution. Es war zum Verzweifeln, wie oft war Menoikeus drauf und dran, Kreon zuzurufen: Rebelliere endlich, mach dich zum König!, aber er wagte es dann doch nicht, und so hatte er seine Hoffnung schon aufgegeben, als er in der Schenke des Poloros – auch der Urenkel eines Drachenmannes gleichen Namens – Tiresias traf, den gewaltigen, harten, blinden, von einem Knaben geführten Seher. Tiresias, mit den Göttern persönlich bekannt, beurteilte die Chance Kreons, König zu werden, durchaus nicht pessimistisch, den Ratschluß der Götter wisse man nicht, oft wüßten diese ihn sogar selber noch nicht, sie seien manchmal unentschieden und geradezu froh, wenn sie von seiten der Menschen gewisse Hinweise – na ja, in seinem, Menoikeus' Falle koste das fünfzigtausend Talente. Menoikeus erschrak, weniger über die riesige Summe als über die Tatsache, daß diese riesige Summe genau seinem riesigen, an der Kadmeia und anderen königlichen Bauten verdienten Vermögen entsprach, Menoikeus hatte immer nur fünftausend versteuert: Menoikeus zahlte.

Vor den geschlossenen Augen der Pythia, die sich in den längst dichteren Dämpfen rhythmisch wiegte, stieg eine hochmütige Gestalt auf, zweifelos königlich, aber gelangweilt, blond, gepflegt, müde. Pannychis wußte, daß es Laios war. Natürlich war der Monarch erstaunt gewesen, als Tiresias ihm das Orakel Apolls überbrachte, sein Sohn, falls Iokaste einmal gebäre, werde ihn ermorden. Aber Laios kannte Tiresias, die Preise eines bei Tiresias bestellten Orakels waren unverschämt, nur reiche Leute konnten sich Tiresias leisten, die meisten waren gezwungen, sich persönlich nach Delphi zu begeben und die Pythia zu befragen, was weitaus unzuverlässiger ausfiel: Wenn nämlich Tiresias die Pythia befragte, so, war man überzeugt, sprang die Kraft des Sehers auf die Pythia über, Unsinn natürlich, Laios war ein aufgeklärter Despot, die Frage war nur, wer Tiresias bestochen hatte, ein derart heimtückisches Orakel zu bewirken, jemand mußte ein Interesse daran haben, daß Laios und Iokaste keine Kinder zeugten, entweder Menoikeus oder Kreon, der den Thron erbte, falls die Ehe kinderlos blieb. Aber Kreon war aus prinzipieller Sturheit treu, sein politischer Dilettantismus war zu eklatant. Also Menoikeus. Der sah sich wohl schon als Vater eines Königs, bei Zeus, mußte der an der Staatskasse verdient haben, die Preise, die Tiresias verlangte, überstiegen bei weitem das Vermögen, welches Menoikeus versteuerte. Schön, der Drachenmann war sein Schwiegervater, seine Konspiration nicht der Rede wert, aber ein Riesenvermögen für ein Orakel zu verschleudern, wo es doch so billig zu haben war ... Zum Glück züngelte, wie jedes Jahr in Theben, eine kleine Pest rund um die Kadmeia, raffte einige Dutzend dahin, meist unnützes Gesindel, Philosophen, Rhapsoden und andere Dichter. Laios schickte seinen Sekretär nach Delphi, mit gewissen Vorschlägen und zehn Goldmünzen: für zehn Talente tat der Oberpriester alles; elf Talente hätte er schon ins Hauptbuch eintragen müssen. Das Orakel, das der Sekretär von Delphi zurückbrachte, lautete, die Pest, die sich inzwischen verzogen hatte, werde erlöschen, wenn ein Drachenmann sich opfere. Nun, die Pest konnte wieder auflodern. Poloros, der

Wirt, beteuerte, er stamme überhaupt nicht von Poloros, dem Drachenmann ab, das sein ein bösartiges Gerücht. Menoikeus, als nun einziger noch vorhandener Drachenmann, mußte auf die Stadtmauer steigen und sich hinabstürzen, es ging nicht anders, aber eigentlich war Menoikeus ganz froh, sich der Stadt opfern zu dürfen, seine Begegnung mit Tiresias hatte ihn finanziell ruiniert: er war zahlungsunfähig, die Arbeiter murrten, der Marmorlieferant Kapys hatte seine Lieferungen längst eingestellt, ebenso die Ziegelbrennerei; der Ostteil der Stadtmauer war eine hölzerne Attrappe, die Statue des Kadmos auf dem Ratsplatz aus bronzebemaltem Gips, beim nächsten Platzregen hätte sich Menoikeus ohnehin das Leben nehmen müssen. Sein Sturz vom Südteil der Stadtmauer glich dem Fall einer ohnmächtig gewordenen Riesenschwalbe, feierliche Gesänge der Ehrenjungfrauen bildeten den akustischen Hintergrund; Laios drückte Iokastes Hand, Kreon salutierte. Aber als Iokaste Ödipus gebar, wurde Laios stutzig. Natürlich glaubte er dem Orakel nicht, es war absurd, daß sein Sohn ihn töten werde, aber, bei Hermes, hätte er nur gewußt, ob Ödipus wirklich sein Sohn war, er gab ja zu, irgend etwas hatte ihn gehindert, mit seiner Frau zu schlafen, die Ehe war ohnehin eine Vernunftehe, er hatte sich mit Iokaste vermählt, um etwas volkstümlicher zu werden, denn, bei Hermes, Iokaste mit ihrem vorehelichen Lebenswandel war populär, die halbe Stadt war mit Laios liiert; wahrscheinlich war es nur ein Aberglaube, der ihn hinderte, mit Iokaste zu schlafen, doch die Idee, sein Sohn könne ihn töten, war irgendwie ernüchternd, und, offengestanden, Frauen mochte Laios überhaupt nicht, er zog ihnen die jungen Rekruten vor, aber im Suff mußte er vielleicht doch wohl hin und wieder mit seiner Frau geschlafen haben, wie Iokaste behauptete, er wußte es nicht so recht, und dann dieser verdammte Gardeoffizier – am besten, man ließ das Balg, das da plötzlich in der Wiege lag, aussetzen.

Die Pythia hüllte sich fester in ihren Mantel, die Dämpfe wurden plötzlich eisig, sie fror, und wie sie fror, sah sie wieder das blutverkrustete Antlitz des zerlumpten Bettlers vor sich, das Blut schwand aus den Augenhöhlen, blaue Augen blickten sie an, ein wildes, aufgerissenes, ungriechisches Gesicht, ein Jüngling stand vor ihr, es war wie einst, als Pannychis Ödipus mit ihrem erfundenen Orakel zum Narren halten wollte. Er wußte damals, dachte sie, daß er nicht der Sohn des Königs von Korinth, Polybos, und seiner Gemahlin Merope war, er hat mich getäuscht!

»Natürlich«, antwortete der Jüngling Ödipus durch die Dämpfe hindurch, welche die Pythia immer dichter umgaben, »ich wußte es immer. Die Mägde und Sklaven haben es mir erzählt und auch der Hirte, der mich im Gebirge Kithairon fand, einen hilflosen Säugling, dem man die Füße mit einem Nagel durchbohrt und zusammengebunden hatte. Ich wußte, daß ich so dem König Polybos von Korinth übergeben worden war. Zugegeben, Polybos und Merope waren gut zu mir, aber sie waren nie ehrlich, sie fürchteten sich, mir die Wahrheit zu sagen, weil sie sich etwas vormachten, weil sie einen Sohn haben wollten, und so brach ich nach Delphi auf. Apoll war die einzige Instanz, an die ich mich wenden konnte. Ich sage dir, Pannychis, ich glaubte an Apoll, und ich glaube noch immer an ihn, ich hatte Tiresias als Vermittler nicht nötig, aber ich kam nicht mit einer echten Frage zu Apoll, ich wußte ja, daß Polybos nicht mein Vater war; ich kam zu Apoll, um ihn hervorzulokken, und ich lockte ihn aus seinem göttlichen Versteck hervor: Sein Orakel, das mir aus deinem Munde entgegendröhnte, war nun wirklich scheußlich, wie es die Wahrheit ja wohl immer ist, und so scheußlich ging das Orakel denn auch in Erfüllung. Als ich dich damals verließ, überlegte ich: Wenn Polybos und Merope nicht meine Eltern waren, mußten es nach dem Orakel jene sein, an denen sich der Orakelspruch vollziehen würde. Als ich bei einem Kreuzweg einen alten, hitzigen, eitlen Mann tötete, wußte ich, schon bevor ich tötete, daß es mein Vater war, wen sonst hätte ich töten können als meinen Vater – wen ich außerdem noch tötete, das war später, ein nebensächlicher Gardeoffizier, dessen Namen ich vergessen habe.«

»Noch jemanden hast du getötet«, warf die Pythia ein.

»Wen denn?« fragte Ödipus verwundert.

»Die Sphinx«, antwortete Pannychis. Ödipus schwieg einen Augenblick, als müsse er sich erinnern, lächelte. »Die Sphinx«, sagte Ödipus, »war ein Ungeheuer mit einem Frauenkopf, einem Löwenleib, einem Schlangenschwanz, mit Adlerflügeln und mit einem läppischen Rätsel. Es stürzte sich vom Berge Phikion in die Ebene hinab, und darauf, als ich in Theben Iokaste heiratete – weißt du, Pannychis, dir sei es gesagt, du wirst bald sterben, und darum darfst Du es wissen: Ich haßte meine wirklichen Eltern mehr als etwas anderes, sie wollten mich den wilden Tieren vorwerfen, ich wußte nicht, wer sie waren, aber das Orakel Apolls erlöste mich: Mit einer heiligen Raserei stürzte ich im Engpaß zwischen Delphi und Daulis Laios vom Wagen, und wie er sich in den Zügeln verfangen hatte, peitschte ich die Rosse, daß sie meinen Vater zu Tode schleiften, und wie er verröchelte, staubverschmiert, bemerkte ich im Straßengraben seinen von meinem Speer verwundeten Wagenlenker. ›Wie hieß dein Herr?‹ fragte ich ihn. Er starrte mich an und schwieg. ›Nun?‹ herrschte ich ihn an. Er nannte mir den Namen, ich hatte den König von Theben zu Tode schleifen lassen, und dann nannte er, als ich ungeduldig weiterfragte, den Namen der Königin von Theben. Er hatte mir den Namen meiner Eltern genannt. Es durfte keine Zeugen geben. Ich zog den Speer aus seiner Wunde und stieß noch einmal zu. Er verschied. Und als ich den Speer aus dem Leib des toten Wagenlenkers gezogen hatte, bemerkte ich, daß Laios mich ansah. Er lebte immer noch. Schweigend durchbohrte ich ihn. Ich wollte König von Theben werden, und die Götter wollten es so, und im Triumph beschlief ich meine Mutter, immer wieder, und pflanzte boshaft vier Kinder in ihren Bauch, weil die Götter es wollten, die Götter, die ich noch mehr hasse als meine Eltern, und jedesmal, wenn ich meine Mutter bestieg, haßte ich sie mehr als zuvor. Die Götter hatten das Ungeheuerliche beschlossen, und so sollte denn das Ungeheuerliche geschehen, und als Kreon mit dem Orakel des Apoll von Delphi zurückkehrte, die Pest werde sich erst besänftigen, wenn der Mörder des Laios gefunden sei, wußte ich endlich, warum die Götter ein so grausames Schicksal ausgeheckt hatten, wen sie zum Fraße wollten: mich, der ich ihren Willen erfüllt hatte. Im Triumph führte ich selbst den Prozeß gegen mich, im Triumph fand ich Iokaste in ihrem Gemach erhängt, und im Triumph stach ich meine Augen aus: Schenkten mir doch die Götter das größte nur denkbare Recht, die erhabenste Freiheit, jene zu hassen, die uns hervorgebracht haben, die Eltern, die Ahnen, die die Eltern hervorgebracht hatten, und darüber hinaus die Götter, die Ahnen und Eltern hervorbrachten, und wenn ich jetzt als blinder Bettler in Griechenland herumziehe, so nicht, um die Macht der Götter zu verherrlichen, sondern um sie zu verhöhnen.«

Pannychis saß auf dem Dreifuß. Sie fühlte nichts mehr. Vielleicht bin ich schon tot, dachte sie, und erst allmählich wurde ihr bewußt, daß vor ihr ein Weib in den Dämpfen stand, helläugig, mit wilden roten Haaren:

»Ich bin Iokaste«, sagte das Weib, »ich wußte es nach der Hochzeitsnacht, Ödipus erzählte mir sein Leben. Er war doch so treuherzig und offen und, bei Apoll, wie naiv er war, wie stolz darüber, daß er dem Ratschluß der Götter entkommen konnte, indem er nicht nach Korinth zurückgekehrt und Polybos nicht erschlagen und Merope nicht geheiratet hatte, die er immer noch für seine Eltern hielt, als wäre es möglich, dem Ratschluß der Götter zu entgehen. Ich ahnte es schon vorher, daß er mein Sohn war, gleich in der ersten Nacht, kaum daß er in Theben angekommen war. Ich wußte noch gar nicht, daß Laios tot war. Ich erkannte ihn an den Narben an seinen Fersen, als er nackt neben mir lag, aber ich klärte ihn nicht auf, warum auch, Männer sind immer so sensibel, und so sagte ich ihm denn auch nicht, daß Laios keineswegs sein Vater sei, wie er jetzt natürlich glaubt; sein Vater war der Gardeoffizier Mnesippos, ein gänzlich unbedeutender Schwätzer mit erstaunlichen Fähigkeiten auf einem Gebiet, wo er nicht zu reden brauchte. Daß er Ödipus in meinem Schlafzimmer überfiel, als mich mein Sohn und späterer Gatte zum ersten Male aufsuchte, mich kurz und ehrerbietig grüßte und gleich zu mir ins

Bett stieg, war wohl nicht zu vermeiden. Offenbar wollte er die Ehre des Laios verteidigen, ausgerechnet Mnesippos, der es doch mit dessen Ehre nie sonderlich genau genommen hat. Ich konnte Ödipus gerade noch sein Schwert in die Hand drücken, ein kurzes Gefecht, Mnesippos war nie ein starker Fechter. Ödipus ließ ihn den Geiern aussetzen, nicht aus Grausamkeit, sondern weil Mnesippos ein so schlechter Fechter gewesen war, aus sportlicher Kritik. Na ja, die fiel verheerend aus, Sportler sind strenge Leute. Aber weil ich Ödipus nicht aufklären durfte, um nicht gegen den Ratschluß der Götter zu handeln, konnte ich ihn auch nicht daran hindern, mich zu heiraten, grauenerfüllt, weil dein Orakel, Pannychis, wahr wurde, ohne daß ich etwas dagegen tun konnte: ein Sohn, der zu seiner Mutter ins Bett steigt, Pannychis, ich glaubte, vor Entsetzen ohnmächtig zu werden, aber ich wurde ohnmächtig vor Lust, nie war sie gewaltiger, als wenn ich mich ihm hingab; der herrliche Polyneikes schoß aus meinem Leib, Antigone, rothaarig wie ich, Ismene, die zarte, Eteokles, der Held. Ich hatte mich mit meiner Hingabe an Ödipus nach dem Ratschluß der Götter an Laios gerächt, dafür, daß er meinen Sohn den wilden Tieren zum Fraße vorsetzen wollte und daß ich jahrelang um meinen Sohn bitterlich geweint hatte, und so war ich denn immer, wenn Ödipus mich umfing, eins mit dem Ratschluß der Götter, die meine Hingabe an den gewaltigen Sohn und mein Opfer wollten. Beim Zeus, Pannychis, unzählige Männer sind noch über mich gestiegen, geliebt aber habe ich nur Ödipus, den die Götter zu meinem Gatten bestimmten, damit ich als einzige der sterblichen Weiber nicht einem fremden, sondern dem von mir geborenen Manne untertan werde: mir selbst.

Daß er mich liebte, ohne zu wissen, daß ich seine Mutter war, ist mein Triumph; daß das Unnatürlichste zum Natürlichsten wurde, macht das Glück, das die Götter mir bestimmten. Ihnen zu Ehren habe ich mich erhängt – das heißt, nicht eigentlich ich erhängte mich, sondern der Nachfolger des Mnesippos, der erste Gardeoffizier des Ödipus, Molorchos. Denn als dieser vernahm, daß ich die Mutter des Ödipus sei, raste er, eifersüchtig auf den zweiten Gardeoffizier Meriones, in mein Schlafzimmer, rief: ›Wehe dir, Blutschänderin!‹ und hängte mich an den Türbalken. Alle glauben, ich hätte es selbst getan. Auch Ödipus glaubt es, und weil er mich nach dem Ratschluß der Götter mehr liebt als sein Leben, blendete er sich: So gewaltig ist seine Liebe zu mir, die ich seine Mutter und sein Weib zugleich gewesen bin. – Aber vielleicht war Molorchos gar nicht auf Meriones eifersüchtig, sondern auf den dritten Gardeoffizier Melontheus – komisch, alle meine Gardeoffiziere begannen nach dem Ratschluß der Götter mit M – aber das ist nun wirklich gleichgültig, die Hauptsache, denke ich, ist, daß ich nach dem Ratschluß der Götter meinem Leben freudig ein Ende setzen lassen durfte. Ödipus, meinem Sohn und Gatten zum Lobe, Ödipus, den ich nach dem Ratschluß der Götter mehr liebte, als ich je einen Mann geliebt habe, und Apollo zum Preise, der aus deinem Munde, Pannychis, die Wahrheit verkündete.«

»Du Luder«, schrie die Pythia heiser, »du Luder, mit deinem Ratschluß der Götter, ich habe doch nur geschwindelt mit meinem Orakel!«

Aber es war kein Schreien mehr, es war ein heiseres Flüstern, und nun stieg ein ungeheurer Schatten aus der Erdspalte, das Licht der grauhellen Nacht verdeckte eine undurchdringliche Wand vor der Pythia.

»Weißt du, wer ich bin?« fragte der Schatten, der ein Gesicht bekam, dessen eisgraue Augen sie ruhig betrachteten.

»Du bist Tiresias«, antwortete die Pythia, sie hatte ihn erwartet.

»Du weißt, warum ich dir erscheine«, sagte Tiresias, »auch wenn es mir in diesen Dämpfen recht ungemütlich ist, ich leide nicht unter Rheumatismus.«

»Ich weiß«, sagte die Pythia erleichtert, das Geschwätz der Iokaste hatte ihr das Leben endgültig verleidet. »Ich weiß, du kommst, weil ich jetzt sterben muß. Das war mir schon lange klar. Längst bevor die Schatten heraufstiegen, Menoikeus, Laios, Ödipus, die Hure Iokaste und jetzt du. Steig wieder hinab, Tiresias, ich bin müde.«

»Auch ich muß jetzt sterben, Pannychis«, sagte der Schatten, »mit uns beiden wird es im gleichen Augenblick vorüber sein. Eben habe ich, mit meinem wirklichen Körper, erhitzt aus der Quelle Tilphussa getrunken.«

»Ich hasse dich«, zischte die Pythia.

»Laß deinen Groll«, lachte Tiresias, »fahren wir beide versöhnt in den Orkus«, und auf einmal bemerkte Pannychis, daß der gewaltige uralte Seher gar nicht blind war, denn er zwinkerte ihr mit seinen hellen grauen Augen zu.

»Pannychis«, meinte er väterlich, »allein das Nichtwissen der Zukunft macht uns die Gegenwart erträglich. Ich wunderte mich immer maßlos darüber, daß die Menschen so erpicht sind, die Zukunft zu erfahren. Sie scheinen das Unglück dem Glück vorzuziehen. Nun gut, wir lebten von diesem Hang der Menschen, ich, zugegeben, weitaus besser als du, wenn es auch nicht ganz leicht war, jene sieben Leben lang, die mir die Götter schenkten, den Blinden zu spielen. Aber die Menschen wünschen nun einmal blinde Seher, und seine Kunden darf man nicht enttäuschen. Was nun das erste von mir in Delphi bestellte Orakel betrifft, worüber du dich so geärgert hast, das Orakel über Laios, nimm es nicht so schlimm. Ein Seher braucht Geld, eine vorgetäuschte Blindheit kostet, der Knabe, der mich führte, mußte bezahlt werden, jedes Jahr ein anderer, hatte er doch unbedingt siebenjährig zu sein, dann das Spezialpersonal, dazu überall in Griechenland Vertrauensleute, und da kommt dieser Menoikeus – ich weiß, ich weiß, im Archiv hast Du nur fünftausend Talente verbucht gefunden, die ich für das Orakel bezahlte, während mir Menoikeus fünfzigtausend – aber es war ja auch kein Orakel, sondern eine Warnung, denn Laios, an den die Warnung ging, sein Sohn werde ihn töten, hatte nicht nur keinen Sohn, es war ihm auch unmöglich, einen zu haben, ich mußte schließlich seine für einen Dynasten verhängnisvolle Veranlagung in Betracht ziehen.

Pannychis«, fuhr Tiresias begütigend fort, »ich bin wie du ein vernünftiger Mensch, ich glaube auch nicht an die Götter, aber ich glaube an die Vernunft, und weil ich an die Vernunft glaube, bin ich überzeugt, daß der unvernünftige Glaube an die Götter vernünftig anzuwenden ist. Ich bin Demokrat. Es ist mir bewußt, daß schon unser Uradel heruntergekommen und verrottet ist, durch und durch bestechlich, für jedes Geschäft zu haben, sein sittlicher Zustand ist unbeschreiblich: Wenn ich nur an den ewig betrunkenen Prometheus denke, der seine Leberzirrhose lieber den Adlern des Zeus zuschreibt als dem Alkohol, oder an den völlig verfressenen Tantalos, der die Einschränkungen, die ihm seine Diabetesdiät auferlegt, so maßlos übertreibt. Und erst unser Hochadel, ich bitte dich. Thyestes verspeist seine Kinder, Klytämnestra erschlägt ihren Gatten, Leda treibt es mit einem Schwan, die Gattin des Minos mit einem Stier – ich danke schön. Dennoch, wenn ich mir die Spartaner vorstelle mit ihrem totalen Staat – verzeih, Pannychis, ich möchte dich nicht mit Politik belästigen –: aber die Spartaner leiten sich nun einmal auch von den Drachenmännern ab, von Chthonios, einem der fünf Berserker, die am Leben blieben, und Kreon stammt von Udaios ab, der sich erst nach dem Gemetzel aus dem Boden herauswagte – meine verehrte Pythia, Kreon ist treu, zugegeben, die Treue ist etwas Wunderbares und Hochanständiges, auch zugegeben, aber ohne Treue gibt es keine Diktatur, die Treue ist der Fels, auf dem der totale Staat ruht, ohne Treue würde er im Sand versinken; während für die Demokratie eine gewisse maßvolle Treulosigkeit vonnöten ist, etwas Flatterhaftes, Charakterloses, Phantasievolles. Hat Kreon Phantasie? Ein fürchterlicher Staatsmann brütet sich da aus, Kreon ist ein Drachenmann, wie die Spartaner Drachenmänner sind. Mein Wink an Laios, er solle sich vor einem Sohne hüten, den er doch nicht haben konnte, war eine Warnung vor dem Erben Kreon, den Laios an die Macht bringen würde, wenn er nicht vorsorgte: Einer seiner Generäle war schließlich Amphitryon, bester, noch anständiger Uradel, seine Frau Alkmene von noch anständigerem Uradel, sein oder nicht sein Sohn Herkules – lassen wir die Klatschgeschichten; mit den Kadmiden war es zu Ende, das wußte Laios bei seiner Veranlagung, und ich wollte ihm ja nur mit meinem Orakel den Hinweis geben, es sei klug, Amphitryon zu adoptieren: aber er adoptierte ihn nicht. Laios war nicht so klug, wie ich dachte.«

Tiresias schwieg, wurde düster, finster.

»Alle lügen«, stellte die Pythia fest.

»Wer lügt?« fragte Tiresias, immer noch in sich versunken.

»Die Schatten«, antwortete die Pythia, »keiner sagt die ganze Wahrheit, ausgenommen Menoikeus, aber der ist zu dumm, um zu lügen. Laios lügt und die Hure Iokaste lügt. Sogar Ödipus ist nicht ehrlich.«

»Im großen und ganzen schon«, meinte Tiresias.

»Möglich«, antwortete die Pythia bitter, »bloß mit der Sphinx schwindelt er. Ein Ungeheuer mit einem Frauenkopf und mit einem Löwenleib. Lächerlich.«

Tiresias betrachtete die Pythia: »Willst du wissen, wer die Sphinx ist?« fragte er.

»Nun?« fragte Pannychis. Der Schatten des Tiresias rückte näher, hüllte sie ein, beinahe väterlich.

»Die Sphinx«, erzählte er, »war so schön, daß ich die Augen aufriß, als ich sie zum ersten Male sah, von ihrem gezähmten Löwinnen umgeben, vor ihrem Zelt auf dem Berge Phikion bei Theben. ›Komm, Tiresias, du alter Gauner, jag deinen Knaben ins Gebüsch und setze dich zu mir‹, lachte sie. Ich war froh, daß sie es nicht vor dem Knaben sagte, sie wußte, daß ich meine Blindheit nur spielte, doch sie behielt es für sich. So saß ich denn bei ihr auf einem Fell vor dem Zelt, die Löwinnen schnurrten um uns herum. Sie hatte lange weiche weißgoldene Haare, sie war geheimnisvoll und hell, sie war einfach etwas Wahres; nur wenn sie wie Stein wurde – dann erschrak ich, Pannychis, einmal nur erlebte ich sie so: als sie mir ihr Leben erzählte. Du kennst ja die Unglücksfamilie des

Pelops. Bester Hochadel. Na ja, der junge Laios hatte, kaum war er König von Theben geworden, die berühmte Hippodameia verführt, auch Hochadel. Ihr Gatte rächte sich im Stile der Familie: Pelops entmannte Laios und ließ den Winselnden laufen. Die Tochter, die Hippodameia gebar, nannte die Mutter selbst höhnisch Sphinx, die Würgerin, und weihte sie dem Hermes zur Priesterin, um sie zur ewigen Keuschheit zu verdammen, aber auch, damit Hermes, der Gott des Handels, dem Export nach Kreta und Ägypten gnädig sei, von dem die Pelopse lebten; und dabei hatte Hippodameia den Laios verführt, nicht umgekehrt, aber wie alle Aristokraten wußte auch sie das Angenehme mit dem Grausamen und das Grausame mit dem Nützlichen zu verbinden. Warum aber die Sphinx auf dem Berge Phikion ihren Vater in Theben belagerte und jeden, der ihr Rätsel nicht lösen konnte, von ihren Löwinnen zerfleischen ließ, verriet sie mir nicht, vielleicht nur, weil sie erriet, daß ich sie im Auftrage des Laios aufgesucht hatte, um ihre Absichten zu erforschen. Sie gab mir nur den Befehl mit, Laios solle Theben mit seinem Wagenlenker Polyphontes verlassen. Laios gehorchte zu meiner Verwunderung.«

Tiresias dachte nach: »Was dann geschah«, sagte er, »weißt du ja, Pythia: das unglückliche Zusammentreffen im Engpaß zwischen Delphi und Daulis, die Ermordung des Laios und des Polyphontes durch Ödipus und dessen Begegnung mit der Sphinx auf dem Berge Phikion. Na schön. Ödipus löste das Rätsel, und die Sphinx stürzte sich auf die Ebene hinab.« Tiresias schwieg.

»Du plapperst, Alter«, sagte die Pythia, »warum erzählst du mir diese Geschichte?«

»Sie quält mich«, sagte Tiresias. »Darf ich mich zu dir

setzen? Ich friere, der kalte Trunk aus der Quelle Tilphussa verbrennt mich.«

»Nimm den Dreifuß Glykeras«, antwortete die Pythia, und der Schatten des Tiresias setzte sich zu ihr über die Erdspalte. Die Dämpfe kamen dichter und rötlicher.

»Warum quält sie Dich denn?« fragte die Pythia fast freundschaftlich, »was ist die Geschichte der Sphinx anderes als der unbedeutende Bericht, wie das jämmerliche Geschlecht des Kadmos endete? Mit einem kastrierten König und einer zur ewigen Keuschheit verdonnerten Priesterin.«

»Etwas stimmt nicht an dieser Geschichte«, sagte Tiresias nachdenklich.

»Nichts stimmt daran«, antwortete die Pythia, »und es spielt auch keine Rolle, daß nichts stimmt, weil es für Ödipus keine Rolle spielt, ob Laios schwul oder kastriert war, so oder so war er nicht sein Vater. Die Geschichte der Sphinx ist vollkommen nebensächlich.«

»Gerade das beunruhigt mich«, brummte Tiresias, »es gibt keine nebensächlichen Geschichten. Alles hängt zusammen. Rüttelt man irgendwo, rüttelt man am Ganzen. Pannychis«, schüttelte er den Kopf, »warum mußtest Du mit Deinem Orakel die Wahrheit erfinden! Ohne Dein Orakel hätte Ödipus Iokaste nicht geheiratet. Er wäre jetzt ein braver König von Korinth. Aber ich will Dich nicht anklagen. Die größte Schuld trage ich. Ödipus tötete seinen Vater, gut, kann vorkommen, er beschlief seine Mutter, na und? Aber daß alles so exemplarisch ans Tageslicht kommen mußte, ist das Katastrophale. Dieses vermaledeite letzte Orakel auf Grund dieser ewigen Pest! Statt einer anständigen Kanalisation mußte wieder einmal ein Orakel her.

Dabei war ich im Bilde, Iokaste hatte mir alles gebeichtet. Ich wußte, wer der wirkliche Vater des Ödipus war: ein unbedeutender Gardeoffizier. Ich wußte, wen er geheiratet hatte: seine Mutter. Nun gut, überlegte ich, jetzt gilt es, Ordnung zu schaffen. Inzest hin oder her, Ödipus und Iokaste haben immerhin vier Kinder, da galt es eine Ehe zu retten. Der einzige, der ihr noch gefährlich werden konnte, war der kreuzehrliche Kreon, der treu zu seiner Schwester und zu seinem Schwager hielt, doch käme er dahinter, daß sein Schwager sein Neffe und die Kinder seines Schwagers seine seinen Neffen gleichgesetzten Neffen – dem wäre seine Weltanschauung nicht gewachsen, er würde Ödipus stürzen, allein aus Treue zum Sittengesetz. Wir würden wie in Sparta den totalen Staat bekommen, Blutsuppen, die anomalen Kinder liquidiert, tägliches Exerzieren, Heldentum als Bürgerpflicht, und so inszenierte ich damals die größte Dummheit meines Lebens: Ich war überzeugt, Kreon hätte Laios damals im Engpaß zwischen Delphi und Daulis umgebracht, um selbst König zu werden, aus Treue natürlich, diesmal zu seiner Schwester, deren Sohn er rächen wollte, da er ja glauben mußte, der ausgesetzte Ödipus sei ein Sohn des Laios gewesen, vermochte sich Kreons simples Gemüt einen Ehebruch doch einfach nicht vorzustellen; und das alles kombinierte ich bloß, weil mir Iokaste verschwieg, daß Ödipus Laios getötet hatte. Denn ich glaube, daß sie es wußte. Ich bin sicher, daß Ödipus ihr den Vorfall im Engpaß zwischen Delphi und Daulis erzählt hat und daß sie nur so tat, als wisse sie nicht, wem Laios zum Opfer gefallen war. Iokaste muß es sofort erraten haben.

Warum, Pannychis, sagen die Menschen nur die ungefähre Wahrheit, als ob es bei der Wahrheit nicht vor allem auf die Details ankomme? Vielleicht weil die Menschen selbst nur etwas Ungefähres sind. Diese verfluchte Ungenauigkeit. In diesem Falle schlich sie sich wohl nur deshalb ein, weil Iokaste es einfach vergaß, weil der Tod des Laios sie nichts anging, sie überging eine Lappalie, weiter nichts, aber eine Lappalie, die mir die Augen geöffnet und mich gehindert hätte, den Verdacht, der Mörder des Laios zu sein, auf Ödipus zu lenken, ich hätte dich orakeln lassen: Apollo befiehlt, eine Kanalisation zu bauen, und Ödipus wäre immer noch König von Theben, Iokaste immer noch Königin. Statt dessen? Jetzt herrscht der treue Kreon auf der Kadmeia und errichtet seinen totalen Staat. Was ich vermeiden wollte, ist eingetroffen. Steigen wir hinab, Pannychis.«

Die Alte blickte zum offenen Hauptportal. Das Rechteck schimmerte hell durch den roten Dampf, eine violette Fläche, die sich verbreiterte, auf der ein undeutlicher Knäuel erschien, der schärfer, gelb, schließlich zu Löwinnen wurde, die einen Fleischklumpen zerrissen; dann würgten die Löwinnen das Verschlungene wieder heraus, ihren Tatzen entwand sich ein menschlicher Leib, Stofffetzen wuchsen zusammen, die Löwinnen wichen zurück, und im Portal stand eine Frau im weißen Gewande einer Priesterin.

»Ich hätte nie Löwinnen zähmen sollen«, sagte sie.

»Es tut mir leid«, sagte Tiresias, »dein Ende war wirklich schrecklich.«

»Sah nur so aus«, begütigte die Sphinx, »man ärgert sich so, daß man nichts spürt. Aber nun, da alles vorüber ist und ihr beiden bald auch nur Schatten sein werdet, die Pythia hier, Tiresias bei der Quelle Tilphussa und gleichzeitig in dieser Höhle, sollt ihr die Wahrheit erfahren. Bei Hermes, diese Zugluft!« Sie raffte ihr dünnes, durchsichtiges Gewand zusammen.

»Du hast dich immer gewundert, Tiresias«, fuhr sie fort, »warum ich mit meinen Löwinnen Theben belagert habe. Nun, mein Vater war nicht der, für den er sich ausgab und für den du ihn gehalten hast, um dein Gewissen zu beruhigen. Er war ein heimtückischer und abergläubischer Tyrann. Er wußte genau, daß jede Tyrannei dann unerträglich wird, wenn sie auf Grundsätzen beruht; nichts erträgt der Mensch weniger als eine sture Gerechtigkeit. Gerade sie empfindet er als ungerecht. Alle Tyrannen, die ihre Herrschaft auf Prinzipien gründen, auf die Gleichheit aller oder darauf, daß alles allen gemeinsam sei, erwecken in denen, über die sie herrschen, ein ungleich größeres Gefühl, unterdrückt zu sein, als jene Tyrannen wie Laios, die, zu faul für Ausreden, sich damit begnügen, Tyrannen zu sein, auch wenn sie weit schändlichere Tyrannen sind: Da ihre Tyrannei launisch ist, haben ihre Untertanen das Gefühl einer gewissen Freiheit. Sie sehen sich nicht von einer willkürlichen Notwendigkeit diktiert, die ihnen keine Hoffnung läßt, sondern sind einer zufälligen Willkür unterworfen, die ihnen ihre Hoffnung beläßt.«

»Donnerwetter«, sagte Tiresias, »du bist aber klug.«

»Ich habe über die Menschen nachgedacht, ich habe sie ausgefragt, bevor ich ihnen mein Rätsel aufgab und sie von meinen Löwinnen zerreißen ließ«, antwortete die Sphinx.

»Es interessierte mich, warum sich die Menschen beherrschen ließen: Aus Bequemlichkeit, die oft so weit geht, daß sie die unsinnigsten Theorien erfinden, um sich eins mit ihren Beherrschern zu fühlen, und die Beherrscher ersinnen ebenso unsinnige Theorien, um sich einbilden zu können, sie beherrschten jene nicht, über die sie herrschen. Nur meinem Vater war das alles gleichgültig. Er war noch einer jener Gewaltherrscher, die stolz darauf waren, Gewaltherrscher zu sein. Er hatte es nicht nötig, eine Ausrede für seine Gewaltherrschaft zu erfinden. Was ihn quälte, war sein Schicksal: daß er kastriert und dem Geschlecht des Kadmos ein Ende gesetzt worden war. Ich spürte seine Trauer, seine bösen Gedanken, die undurchsichtigen Pläne, die er wälzte, wenn er mich besuchte, wenn er vor mir saß, stundenlang, und mich belauerte, und so fürchtete ich meinen Vater, und weil ich mich fürchtete, begann ich Löwinnen zu zähmen. Mit Recht. Als die Priesterin gestorben war, die mich aufgezogen hatte, und ich im Heiligtum des Hermes im Gebirge Kithairon mit den Löwinnen allein hauste – Pannychis, dir will ich es sagen, und auch Tiresias soll es meinetwegen wissen –, da besuchte mich Laios mit seinem Wagenlenker Polyphontes.

Sie traten aus dem Wald, irgendwo wieherten ängstlich ihre Pferde, die Löwinnen fauchten, ich fühlte etwas Böses, aber ich war gelähmt. Ich ließ sie ins Heiligtum. Mein Vater verriegelte die Tür und befahl Polyphontes, mich zu vergewaltigen. Ich wehrte mich. Mein Vater half Polyphontes, und während mich mein Vater umklammerte, kam Polyphontes seinem Befehl nach. Die Löwinnen brüllten um das Heiligtum. Sie schlugen mit den Pranken gegen die Tür. Sie hielt stand. Ich schrie, als Polyphontes mich nahm; die Löwinnen verstummten. Sie ließen Laios und Polyphontes ziehen.

Zur gleichen Zeit, als Iokaste ihrem Gardeoffizier

einen Knaben gebar, brachte auch ich einen Knaben zur Welt: Ödipus. Ich wußte nichts von dem dummen Orakel, das du, Tiresias, formuliert hattest. Ich weiß, du wolltest meinen Vater warnen und verhindern, daß Kreon an die Herrschaft käme, und du wolltest den Frieden sichern. Doch abgesehen davon, daß Kreon an die Macht gekommen ist und ein endloser Krieg beginnt, weil die sieben Fürsten gegen Theben anrücken, hast du vor allem Laios falsch eingeschätzt. Ich kenne seine Sprüche: Er gab sich aufgeklärt, aber vor allem er glaubte an das Orakel, vor allem er erschrak, als ihm verkündet wurde, sein Sohn werde ihn töten. Laios bezog das Orakel auf meinen Sohn, seinen Enkel; daß er sich vorsichtigerweise auch noch des Sohnes der Iokaste und ihres Gardeoffiziers entledigte, verstand sich von selbst: Fingerübungen eines Diktators, sicher ist sicher.

Und so erschien denn eines Abends ein Hirte des Laios bei mir mit einem Säugling, dessen Füße durchbohrt und zusammengebunden waren. Er übergab mir einen Brief, worin Laios mir befahl, meinen Sohn, seinen Enkel, samt dem Sohn Iokastes den Löwinnen vorzuwerfen. Ich machte den Hirten betrunken, er gestand mir, von Iokaste bestochen worden zu sein; er sollte ihren Sohn einem befreundeten Hirten des Königs Polybos von Korinth übergeben, ohne die Herkunft des Kindes zu verraten. Als der Hirte schlief, warf ich den Sohn Iokastes den Löwinnen vor und durchstach meinem Sohn die Fersen, und am nächsten Morgen zog der Hirte mit dem Menschenbündel weiter, ohne den Austausch zu bemerken.

Kaum war er davon, kam mein Vater mit Polyphontes; die Löwinnen räkelten sich faul, zwischen ihnen lag eine Kinderhand, ausgeblutet, weiß und klein wie eine Blume.

›Haben die Löwinnen beide Kinder zerfleischt?‹ fragte mein Vater ruhig. ›Beide‹, sagte ich. ›Ich sehe nur eine Hand‹, sagte er, wendete sie mit seinem Speer um. Die Löwinnen knurrten. ›Die Löwinnen haben beide zerfleischt‹, sagte ich, ›aber nur eine Hand übriggelassen, damit mußt du dich zufrieden geben.‹ ›Wo ist der Hirte?‹ fragte mein Vater. ›Ich habe ihn fortgeschickt‹, sagte ich. ›Wohin?‹ ›Zu einem Heiligtum‹, sagte ich, ›er war dein Werkzeug, aber ein Mensch. Er hat das Recht, sich von seiner Schuld, dein Werkzeug gewesen zu sein, zu reinigen – und nun geh.‹ Mein Vater und Polyphontes zögerten, aber die Löwinnen erhoben sich zornig, jagten die beiden davon und kehrten gemächlich zurück.

Mein Vater wagte mich nicht mehr zu besuchen. Achtzehn Jahre hielt ich mich still. Dann begann ich, mit meinen Löwinnen Theben zu belagern. Unsere Feindschaft war offen ausgebrochen, ohne daß mein Vater es wagte, den Grund dieses Krieges zu nennen. Argwöhnisch und immer noch vom Orakel verängstigt, wußte er mit Sicherheit nur, daß ein Kind tot war; wenn aber eines lebte, wußte er nicht welches, er fürchtete, daß sein Enkel noch irgendwo lebe und ich mit ihm im Bunde sei. Er schickte dich zu mir, Tiresias, um mich auszuhorchen.«

»Er sagte mir nicht die Wahrheit, und du sagtest mir nicht die Wahrheit«, antwortete Tiresias bitter.

»Hätte ich dir die Wahrheit gesagt, du hättest nur wieder ein Orakel inszeniert«, lachte die Sphinx.

»Und warum befahlst du deinem Vater, Theben zu verlassen?« fragte Tiresias.

»Weil ich wußte, daß er in seiner Todesangst nach Delphi wollte. Ich ahnte ja nicht, welch genialische Orakelei dort inzwischen mit Pannychis eingerissen hatte, ich dachte, käme Laios, würde, um Widersprüche zu vermeiden, im Archiv nachgeschaut und das alte Orakel wiederholt, das hätte ihn noch mehr in Furcht und Schrecken versetzt! Nun wissen die Götter allein, was geschehen wäre, hätte Laios Pannychis befragt, was die ihm vorgeflunkert und was er geglaubt hätte. Aber es kam nicht dazu, Laios und Polyphontes trafen im Engpaß zwischen Delphi und Daulis auf Ödipus, und der Sohn erstach nicht nur seinen Vater Polyphontes, sondern ließ auch seinen Großvater Laios von den Rossen zu Tode schleifen.«

Die Sphinx schwieg. Die Dämpfe hatten aufgehört, der Dreifuß neben der Pythia war leer, Tiresias war wieder ein mächtiger Schatten, kaum zu unterscheiden von den Quadern, die das Hauptportal umtürmten, in welchem die Sphinx stand, nur noch eine Silhouette.

»Dann wurde ich die Geliebte meines Sohnes. Man kann über seine glücklichen Tage nicht viel sagen«, fuhr die Sphinx nach langem Schweigen fort, »das Glück haßt die Worte. Bevor ich Ödipus kennenlernte, verachtete ich die Menschen. Sie waren verlogen, und weil sie verlogen waren, kamen sie nicht darauf, daß das Rätsel, welches Wesen allein die Zahl seiner Füße wechsle, am Morgen sei es vier-, am Mittag zwei- und am Abend dreifüßig, aber wenn es die meisten Füße bewege, seien Kraft und Schnelligkeit seiner Glieder am geringsten, sie selber meine, und so ließ ich die Unzähligen, die keine Lösung wußten, von meinen Löwinnen zerfleischen. Sie schrien um Hilfe, während sie zerfetzt wurden, und ich half ihnen nicht, ich lachte nur.

Doch als Ödipus kam, humpelnd, von Delphi her, und

mir antwortete, das sei der Mensch, er krieche als Säugling auf allen vieren, stehe in seiner Jugend fest auf zwei Beinen und stütze sich im hohen Alter auf einen Stock, warf ich mich nicht vom Berge Phikion hinab in die Ebene. Warum auch? Ich wurde seine Geliebte. Er fragte mich nie nach meiner Herkunft. Er bemerkte natürlich, daß ich eine Priesterin war, und weil er ein frommer Mann war, glaubte er, es sei verboten, mit einer Priesterin zu schlafen, und weil er dennoch mit mir schlief, stellte er sich unwissend, und darum fragte er mich nicht nach meinem Leben, und ich fragte ihn nie nach dem seinen, nicht einmal nach seinem Namen, denn ich wollte ihn nicht in Verlegenheit bringen. Ich wußte wohl, daß, hätte er mir seinen Namen und seine Herkunft genannt, er sich vor Hermes gefürchtet hätte, dem ich geweiht war, der nun auch seinen Namen gekannt hätte, und als frommer Mann hielt er die Götter für entsetzlich eifersüchtig, und vielleicht ahnte er auch, daß, hätte er nach meiner Herkunft geforscht, welches er doch aus der Neugier eines Liebenden hätte tun sollen, er darauf gestoßen wäre, daß ich seine Mutter war. Aber er fürchtete sich vor der Wahrheit, und auch ich fürchtete mich vor ihr. So wußte er nicht, daß er mein Sohn, und ich nicht, daß ich seine Mutter war. Ich zog mich, glücklich über einen Geliebten, den ich nicht und der mich nicht kannte, mit meinen Löwinnen in mein Heiligtum im Gebirge Kithairon zurück; Ödipus besuchte mich immer wieder, unser Glück war rein wie ein vollkommenes Geheimnis.

Nur die Löwinnen wurden unruhiger, bösartiger, nicht gegen Ödipus, sondern gegen mich. Sie fauchten mich an, immer erregter, unberechenbarer, und schlugen mit ihren Tatzen gegen mich. Ich schlug mit meiner

Peitsche zurück. Sie duckten sich, knurrten, und als Ödipus nicht mehr kam, griffen sie an, und ich wußte plötzlich, daß etwas Unfaßbares geschehen war – nun, ihr habt ja gesehen, was mit mir geschah und nun in der Unterwelt immer wieder geschieht. Und als von der Erdspalte her, über der Pannychis sitzt, eure Stimmen zu mir herunterwehten, vernahm ich die Wahrheit, hörte ich, was ich schon längst hätte wissen müssen und was doch nichts geändert hätte, daß mein Geliebter mein Sohn gewesen ist, und du, Pannychis, hast die Wahrheit verkündet.«

Die Sphinx begann zu lachen, wie vorher die Pythia bei Ödipus gelacht hatte. Auch ihr Lachen wurde immer unermeßlicher, selbst als sich die Löwinnen wieder auf sie stürzten, lachte sie, auch als sie ihr das weiße Kleid vom Leibe rissen und als die Löwinnen sie zerfleischten, lachte sie immer noch. Dann war nicht mehr auszumachen, was da von den gelben Bestien verschlungen wurde, das Lachen verhallte, als die Löwinnen das Blut aufgeleckt hatten und verschwanden. Dampf stieg wieder aus der Erdspalte. Mohnrot. Die sterbende Pythia war allein mit dem kaum noch sichtbaren Schatten des Tiresias. »Ein bemerkenswertes Weib«, sagte der Schatten.

Die Nacht war einem bleiernen Morgen gewichen, schlagartig war er in die Höhle eingebrochen. Aber es war weder ein Morgen noch eine Nacht, sondern etwas Wesenloses, das unaufhaltsam hereingeflossen kam, weder Licht noch Dunkelheit, schatten- und farblos. Wie immer in dieser ersten Frühe, legten sich die Dämpfe als kalte Feuchtigkeit auf den Steinboden, klebten an den Felswänden, bildeten schwarze Tropfen, die langsam ihrer Schwere nachgaben und als lange dünne Fäden in der Erdspalte verschwanden.

»Nur eines verstehe ich nicht«, sagte die Pythia. »Daß mein Orakel zutraf, wenn auch nicht so, wie Ödipus es sich nun einbildet, ist ein unglaublicher Zufall; aber wenn Ödipus dem Orakel von Anfang an glaubte und der erste Mensch, den er tötete, der Wagenlenker Polyphontes war und die erste Frau, die er liebte, die Sphinx, warum kam ihm dann nicht der Verdacht, sein Vater sei der Wagenlenker gewesen und seine Mutter die Sphinx?«

»Weil Ödipus lieber der Sohn eines Königs als der Sohn eines Wagenlenkers sein wollte. Er wählte sich sein Schicksal selber aus«, antwortete Tiresias.

»Wir mit unserem Orakel«, stöhnte Pannychis verbittert, »nur dank der Sphinx kennen wir die Wahrheit.«

»Ich weiß nicht«, meinte Tiresias nachdenklich, »die Sphinx ist eine Priesterin des Hermes, des Gottes der Diebe und der Betrüger.«

Die Pythia schwieg; seit der Dampf nicht mehr aus der Erdspalte stieg, fror sie.

»Seit sie das Theater bauen«, behauptete sie, »dampft es hier viel weniger«, und dann meinte sie noch, die Sphinx habe nur in Hinsicht auf den thebanischen Hirten nicht die Wahrheit gesagt, »sie hat ihn wohl kaum zu einem Heiligtum geschickt, sondern den Löwinnen vorgeworfen wie den Ödipus, den Sohn der Iokaste; und ihren Ödipus, ihren Sohn, den übergab sie eigenhändig dem korinthischen Hirten. Die Sphinx wollte sichergehen, daß ihr Sohn am Leben blieb.«

»Kümmere dich nicht darum, Alte«, lachte Tiresias, »laß sein, was doch anders war und immer wieder anders sein wird, je mehr wir forschen. Sinne nicht mehr nach, sonst steigen weitere Schatten herauf und hindern dich am Sterben. Was weißt du denn, vielleicht gibt es einen dritten Ödipus. Wir wissen nicht, ob der korinthische Hirte statt den Sohn der Sphinx – falls es der Sohn der Sphinx war – der Königin Merope seinen Sohn ausgeliefert hat, nachdem er ihm ebenfalls die Fersen durchbohrt und den echten Ödipus, der ja auch nicht der echte war, den wilden Tieren ausgesetzt hatte, oder ob Merope den dritten Ödipus nicht ins Meer geworfen hat, um ihren eigenen Sohn, den sie heimlich geboren – womöglich auch von einem Gardeoffizier –, dem treuherzigen Polybos als vierten Ödipus zu präsentieren? Die Wahrheit ist nur insofern, als wir sie in Ruhe lassen.

Vergiß die alten Geschichten, Pannychis, sie sind unwichtig, wir sind in all dem wüsten Durcheinander die Hauptpersonen. Wir befanden uns beide derselben ungeheuerlichen Wirklichkeit gegenüber, die ebenso undurchschaubar ist wie der Mensch, der sie herbeiführt. Möglich, die Götter, gäbe es sie, hätten außerhalb dieses gigantischen Knäuels von phantastischen Fakten, die, ineinander verstrickt, die unverschämtesten Zufälle bewirken, einen gewissen, wenn auch oberflächlichen Überblick, während wir Sterblichen, die sich inmitten dieses heillosen Wirrwarrs befinden, hilflos darin herumtappen. Wir beide hofften, mit unseren Orakeln einen zaghaften Anschein von Ordnung, die zarte Ahnung einer Gesetzmäßigkeit in die trübe, geile und oft blutige Flut der Ereignisse zu bringen, die auf uns zuschoß und uns mit sich riß, gerade weil wir sie – wenn auch nur ein wenig – einzudämmen versuchten.

Du orakeltest mit Phantasie, mit Laune, mit Übermut, ja mit einer geradezu respektlosen Frechheit, kurz: mit lästerlichem Witz. Ich ließ mit kühler Überlegung orakeln, mit unbestechlicher Logik, auch kurz: mit Vernunft. Zugegeben, dein Orakel war ein Volltreffer. Wäre ich ein Mathematiker, könnte ich dir genau sagen, wie unwahrscheinlich die Wahrscheinlichkeit war, daß dein Orakel zutreffen würde: Sie war phantastisch unwahrscheinlich, unendlich unwahrscheinlich. Aber dein unwahrscheinliches Orakel traf ein, während meine wahrscheinlichen Orakel, vernünftig abgegeben, in der Absicht, Politik zu machen und die Welt im Sinne der Vernunft zu ändern, ins Nichts verpufften. Ich Tor. Ich setzte mit meiner Vernunft eine Kette von Ursache und Wirkungen frei, die das Gegenteil von dem bewirkte, was ich beabsichtigte. Und dann kamst du, ebenso töricht wie ich, mit deiner blühenden Unbefangenheit, einfach drauflos und möglichst boshaft zu orakeln, aus welchen Gründen, spielt ja längst keine Rolle mehr, auch wem gegenüber, war dir gleichgültig; zufällig orakeltest du denn auch einmal einem blassen, humpelnden Jüngling namens Ödipus gegenüber. Was nützt es dir, daß du ins Schwarze getroffen hast und ich mich irrte? Der Schaden, den wir beide angerichtet haben, ist gleichermaßen ungeheuerlich. Wirf deinen Dreifuß weg, Pythia, in die Erdspalte mit dir, auch ich muß ins Grab, die Quelle Tilphussa hat ihr Werk getan. Lebe wohl, Pannychis, aber glaube nicht, daß wir uns entkommen. So wie ich, der die Welt seiner Vernunft unterwerfen wollte, in dieser feuchten Höhle mit dir konfrontiert worden bin, die du die Welt mit deiner Phantasie zu bezwingen versuchtest, so werden auf ewige Zeiten jene, für welche die Welt eine Ordnung, solchen gegenüberstehen, für welche die Welt ein Ungeheuer ist. Die einen werden die Welt für kritisierbar halten, die anderen nehmen sie hin. Die einen werden die Welt für so veränderbar halten, wie man einem Stein mit einem Meißel eine bestimmte Form zu geben vermag, die anderen werden zu bedenken geben, daß sich die Welt samt ihrer Undurchschaubarkeit verändere, wie ein Ungeheuer, das immer neue Fratzen annimmt, und daß die Welt nur insoweit zu kritisieren sei, wie die hauchdünne Schicht des menschlichen Verstandes einen Einfluß auf die übermächtigen tektonischen Kräfte der menschlichen Instinkte besitzt. Die einen werden die anderen Pessimisten schelten, die anderen jene Utopisten schmähen. Die einen werden behaupten, die Geschichte verlaufe nach bestimmten Gesetzen, die anderen werden sagen, diese Gesetze existieren nur in der menschlichen Vorstellung. Der Kampf zwischen uns beiden, Pannychis, wird auf allen Gebieten entbrennen, der Kampf zwischen dem Seher und der Pythia; noch ist unser Kampf emotional und wenig durchdacht, aber schon baut man ein Theater, schon schreibt in Athen ein unbekannter Dichter eine Ödipustragödie. Doch Athen ist Provinz, und Sophokles wird vergessen werden, aber Ödipus wird weiterleben, als ein Stoff, der uns Rätsel aufgibt. Ist sein Schicksal nun durch die Götter bestimmt oder dadurch, daß er sich gegen einige Prinzipien, welche die Gesellschaft der Zeit stützten, versündigt hat, wovor ich ihn mit Hilfe des Orakels zu bewahren suchte, oder gar, weil er dem Zufall zum Opfer fiel, hervorgerufen durch deine launische Orakelei?«

Die Pythia antwortete nicht mehr, und auf einmal war sie nicht mehr da, und auch Tiresias war verschwunden, und mit ihm der bleierne Morgen, lastend über Delphi, das auch versunken war.

Friedrich Dürrenmatt im Diogenes Verlag

● **Das dramatische Werk**
in 17 Bänden:

Es steht geschrieben / Der Blinde
Frühe Stücke. detebe 250/1

Romulus der Große
Ungeschichtliche historische Komödie. Fassung 1980. detebe 250/2

Die Ehe des Herrn Mississippi
Komödie und Drehbuch. Fassung 1980. detebe 250/3

Ein Engel kommt nach Babylon
Fragmentarische Komödie. Fassung 1980. detebe 250/4

Der Besuch der alten Dame
Tragische Komödie. Fassung 1980. detebe 250/5

Frank der Fünfte
Komödie einer Privatbank. Fassung 1980. detebe 250/6

Die Physiker
Komödie. Fassung 1980. detebe 250/7

Herkules und der Stall des Augias
Der Prozeß um des Esels Schatten
Griechische Stücke. Fassung 1980. detebe 250/8

Der Meteor / Dichterdämmerung
Nobelpreisträgerstücke. Fassung 1980. detebe 250/9

Die Wiedertäufer
Komödie. Fassung 1980. detebe 250/10

König Johann / Titus Andronicus
Shakespeare-Umarbeitungen. detebe 250/11

Play Strindberg / Porträt eines Planeten
Übungsstücke für Schauspieler. detebe 250/12

Urfaust / Woyzeck
Bearbeitungen. detebe 250/13

Der Mitmacher
Ein Komplex. detebe 250/14

Die Frist
Komödie. Fassung 1980. detebe 250/15

Die Panne
Hörspiel und Komödie. detebe 250/16

Nächtliches Gespräch mit einem verachteten Menschen / Stranitzky und der Nationalheld / Das Unternehmen der Wega
Hörspiele und Kabarett. detebe 250/17

● **Das Prosawerk**
in 12 Bänden:

Aus den Papieren eines Wärters
Frühe Prosa. detebe 250/18

Der Richter und sein Henker
Der Verdacht
Kriminalromane. detebe 250/19

Der Hund / Der Tunnel / Die Panne
Erzählungen. detebe 250/20

Grieche sucht Griechin / Mr. X macht Ferien / Nachrichten über den Stand des Zeitungswesens in der Steinzeit
Grotesken. detebe 250/21

Das Versprechen / Aufenthalt in einer kleinen Stadt
Ein Requiem auf den Kriminalroman und ein Fragment. detebe 250/22

Der Sturz / Abu Chanifa und Anan Ben David / Smithy / Das Sterben der Pythia
Erzählungen. detebe 250/23

Theater
Essays, Gedichte und Reden. detebe 250/24

Kritik
Kritiken und Zeichnungen. detebe 250/25

Literatur und Kunst
Essays, Gedichte und Reden. detebe 250/26

Philosophie und Naturwissenschaft
Essays, Gedichte und Reden. detebe 250/27

Politik
Essays, Gedichte und Reden. detebe 250/28

Zusammenhänge/Nachgedanken
Essay über Israel. detebe 250/29

Außerdem liegt vor:

Über Friedrich Dürrenmatt
Essays, Aufsätze, Zeugnisse und Rezensionen von Gottfried Benn bis Saul Bellow. Chronik und Bibliographie. Herausgegeben von Daniel Keel. detebe 250/30

● **Das zeichnerische Werk**

Bilder und Zeichnungen
Mit einer Einleitung von Manuel Gasser und Kommentaren des Künstlers. Diogenes Kunstbuch

Die Heimat im Plakat
Ein Buch für Schweizer Kinder. Zeichnungen. Mit einem Geleitwort des Künstlers. kunst-detebe 26